아리랑 33 · 4   90.5×90.5cm   단기 4333년(2000)

아리랑
영원한 노래
(一終無終一)
53×53cm
4331(1998)

정선아라리
31.7×16.8cm
입체
1999

아리랑 60.6×73cm 4333

강원 정선군 동면 沒雲台(부분) 207×136cm 1994

김용철
1994. 2.28
J·KIM

김용철
J·KIM
58

J·KIM
2002.

첫 번째 김정 교수의 자전적에세이

김정 아리랑

김 정 著

시간의 물레

Preface

This book is my autobiographic essay. Humans live their lives, trying to think about many incessant matters throughout the years. I, too, have followed such a pattern.

I initially longed to cover all kinds of subjects in this book, but failed to complete as much as I planned.

I sometimes see people studying papers and journals that I have written. Whenever I watch them read, I feel a huge degree of responsibility. Also, my age let me realize that I need to be more liable for my life. For these reasons, I began leaving some notes about my experiences, thoughts, and ideas. I would prefer "Good" to "Best." That's the way that I have lived. I wish to be remembered as a good artist, and further a good grandfather.

(Translated by Scott Kim)

March, 2003

Jung Kim / Autobiographic Essay

머리말

여기 쓴 글은 나의 자전적 에세이다.

나에 대한 글이므로 과장해도 안 되고 비하해도 안 된다. 그저 있는 그대로 덤덤히 쓴 것이다. 그래도 보는 이에 따라 비위에 거슬리는 부분이 있다면, 나의 표현력 부족이다.

내 일상의 이런저런 일들을 많이 쓰고 싶었으나, 막상 해보니 생각처럼 다 쓸 수 없는 부분도 많았다. 어떤 항목은 마치 나의 자랑 같아서 차마 못쓰고 버렸다.

가끔 관련 학술논문에 내 이름이 등장할 때가 있다. 그런 것을 볼 적엔 내 자신 책임감이 앞선다.

나도 이젠 나이 값을 해야겠구나 하는 겸허한 마음이 생긴다. 또 아픈 데가 많으니까 언제 죽을지도 모른다는 생각에서 내가 겪은 일들을 간단하게 기록으로 남기고 싶었다.

사진과 그림이 있으면 읽는 이들이 덜 지루할 것 같아 몇 장 넣었다. 사진 당사자들의 너그러운 양해를 바란다.

나는 똑똑한 것보다 자연스런 '보통'이 더 좋다. 그것이 지금껏 나의 생활신조였다. 좋은 생각을 갖고 사는 인간으로, 괜찮은 화가로, 좋은 할아버지로 기억되는 게 나의 소원이다.

그 소원을 위해 오늘도 명상과 기도를 한다.

김정

자전적 에세이

김정 아리랑

目 次

1 · 내 가족 이야기

우리 집안의 본관은 김해(金海)로, 김씨 삼현파(三賢派) 김수로왕 시조로부터 71 세손이다.

조부 김원근(金元根) 조모 박명근(朴明根)님.

부 김병준(金炳駿)씨는 공무원 정년퇴직하였으나 영원한 뮤지션이었다. 1909년생으로 평소엔 새색시였다가 술만 드시면 화통폭군으로 돌변하는 게 흠이지만, 드럼·대북·하모니카는 프로급 수준이셨다. 모 원희례(元喜禮)씨는 원주(原州) 원두표님 후손이다. 평범한 아낙이지만 마음은 태평양인지라, 수많은 사람을 감동시킨다. 그녀와 만나는 사람마다 숨은 일화가 많다. 두분 다 경기 용인의 한 묘원에 잠들어 계신다.

두분 자손은 8남매다.[1] 나는 8남매 중 넷째다. 아버지 영향 받아 술도 좋아하지만, 음악을 더 좋아한다. 초등학교 땐 아버지가 술 드시는 게 창피하고 싶었다. 그런데 어쩐 일인지 나도 닮아가는 걸 어쩌랴.

나는 1969 년 9 월 27 일 신문회관 예식장에서 주례 유봉영(독립운동가) 선생을 모시고 결혼했다. 그런데 그날이 추석 다음날인지라 하객이 적어서 쓸쓸했던 기억이 잊혀지지 않는다.

신부 최자영은 대학을 갓 나온 기자초년생으로 월간 '여학생' 에 다니다가 '새벗' 편집실로 옮겨갔는데 편집실에서 자주 그녀를 보았다. 당시 나는 잡지 표지, 목차, 내용그림을 그렸던 프리랜서 화가였다. 원고

일로 오가다가 우리는 친해졌다. [2]

항상 만나서 얘기하다보면 시간이 모자랐고, 비록 가진 것은 없지만 질질 끌면 뭐하나 '아무 것도 따지지 말고 우리 그냥 결혼해 버리자'는 심정으로 강행했다. 신혼 초 절대빈곤 속에서 굉장히 고생했다. 그때 이사다니느라고 장롱의 높이가 안 맞아 죄다 망가졌다. 경대는 없어지고 거울만 테이프로 겨우 붙여 사용하기도 했다. 응봉동 8평짜리 시민 아파트에 새살림 차렸다가 그 다음엔 하월곡동으로, 다시 역촌동에 반듯한 문화주택으로 이사하여 제자리를 잡기까지 오랜 시일이 걸렸다. 숨 좀 돌린 나는 평소 염원이었던 독일로 공부하러 떠나게 되었는데, 그 계기로 나의 그림은 예전 모습에서 탈바꿈하며 한국적으로 변화되었다.

처녀시절부터 줄곧 편집기자일을 했던 아내는 지금 동화작가로 활동중이다. 그러면서 틈틈이 시조창과 가곡(궁중노래)을 부른다. 처가쪽도 우리 집처럼 서울 토박이라 음식, 정서가 비슷하여 편하다. 장모님과 처남 3형제들은 LA에 일찌감치 이민하여 그곳에 뿌리내려 잘 지내고 계신다.

나는 이제 남매를 모두 짝 지워 내보냈고, 집에는 늙은 부부 둘이서 조용히 각자 자기 할 일을 하며 지낸다. 아들 내외는 시카고에서 손주 녀석 현진과 살고 있다. 딸 유나는 음대를 나온 가야금 전공자다. 아들에겐 한국 전통 검도를 취미로 시켰다. 남들이 알기에 처는 궁중노랠 부르고, 딸은 가야금 타고 아들은 검도를 하고 나는 아리랑을 그린다면서 꽤 풍류 속에 어울리는 생활을 하는 줄 안다. 하지만 서로의 생각과 일이 제 각각이니까 우리에겐 한데 모이는 일이 드물다. 그러나 알게 모르게 서로 영향은 받고 있다.

1980년 초 강남에 왔다가 24년이 넘도록 붙박이장처럼 한곳에 살고 있다.

1) 장녀 김춘배(塔) 차녀 김성배 장남 김홍배 차남인 필자 김청정 3녀 김도희 3남 김용배 4녀 김남희 4남 김진배임. 맏이 김춘배 누이와 3남 김용배는 별세했고, 막내 진배는 20여 년 전 미국 뉴욕으로 이민가 현재 의사로 있음. 2003년 현재 5남매가 국내에 있다.

2) 아내가 새벗과 인연을 가진 것은 1963년 대학시절부터였다. 그 무렵 나는 새벗사와 새생명에 오가며 표지를 그렸다. 숭실대 이반 교수는 당시 월간 '새생명' 편집실 기자였고 그는 종로2가 새벗사에도 자주 들렀다. 나 역시 조선일보 미술기자였고 그로인해 이반 최자영 김정은 비슷한 또래로 자주 만났다. 이반과 최자영은 나보다도 훨씬 먼저 만난 문학지기로 이대 다락방 문우회 동기로서 지금도 친하다.

請　牒

金　炳　駿 씨 次男 金　　正 군
李　龍　姬 여사 次女 崔　英　子 양

위 두 사람의 華燭을 밝히고저 하오니
부디 오셔서 祝福하여 주시기 바랍니다

때 : 1969년 9월 27일 (토요일) 오후 1시
곳 : 신문회관 3층강당 (서울신문사옆)

주 례 劉　鳳　榮 선생

청첩인 朴 古 石　　宋 相 玉
鄭 鳳 梧　　朴 洪 根

貴下
同 令 夫 人

23년전 아들이 우리 내외를 그렸다. 아래는 필자의 결혼청첩장. 화가 박고석님, 아동문학가 박홍근님, 소설가 송상옥님이 청첩인으로 있다.

위로부터 1971년 부친 회갑기념 사진. 1978년 역촌동 시절 父 김병준 씨의 드럼솜씨를 감상하고 있다.

딸 유나와 아들 상백의 초등학교 때 모습을 스케치. 시카고 샴페인의 아들 내외와 교회 앞에서

1940년 필자의 갓난 아기 시절(안긴 모습) 부모와 누이 형. 아래 북한산성 물가에서 두아이와 함께(1975).

위는 필자의 결혼식 때(1969.9). 가운데 : 뉴욕에 사는 막내 동생 김진배 집에 모인 형제와 조카들(2000). 아래는 1970년 중반 아이들 외할머니와 가족들.

2 - 우리집 마당

내가 사는 역삼동엔 지금 한창 도라지꽃이 폈다. 여러 송이가 흐드러지게 피기 때문에 서로 엉켜 붙어 있다. 목이 길어 이리 휘청 저리 휘청하는 청·백색이 바람을 탄다. 도라지꽃이 피기 시작하면 '아하 삼복 더위가 곧 오는 구나'를 알려준다. 도라지꽃이 피기 직전 붓꽃의 잔잔한 물결이 끝난다. 붓꽃이 피기 직전 철쭉이 한 시대를 풍미케 한다.

깊은 겨울 동안 죽은 듯 했던 마당은 개나리꽃부터 시작해서 잘생긴 백목련이 훤히 밝혀주고 향기로운 라일락과 찔레꽃, 그리고 철쭉과 장미, 푸른 보랏빛 도라지꽃, 아침마다 입 벌리는 나팔꽃을 끝으로 서서히 화려한 무대는 닫힌다. 봄부터 가을까지 앞마당은 컬러다. 그 중 나는 블루와 백색을 좋아하다 보니 도라지와 붓꽃에 더욱 사랑이 간다.

나팔꽃과 잡풀꽃이 하나둘씩 초가을 풀벌레 소리를 들으며 끝마무리를 장식한다. 대추와 감나무 잎이 하나둘 떨어지기 시작하면 앞마당은 깊은 잠으로 빠지게 된다. 잡풀 중에는 명아주, 쑥, 쇠닭똥, 돋나물, 질경이가 늦가을까지 앞마당에서 힘자랑을 한다. 겨울마당의 진풍경은 잡종 강아지의 발짓이다. 고요 속에 강아지가 쇠줄 길이 만큼만 뱅글 돌고 돈다. 깊은 겨울 마당은 강아지 한 마리의 독무대다.

그리 넓지 않은 땅에 이처럼 온갖 색깔과 활력이 저장되어 있다니…. 땅속은 살아 숨쉬는 氣가 있기에 해마다 풍부한 자연을 만든다. 옛날 어르신

네들이 지신(地神)을 잘 모시는 뜻도 이해가 된다. 도라지는 15년생이 되었고 붓꽃은 수백 뿌리되고 철쭉나무 굵기는 직경 6Cm의 거목이 됐다. 앞마당의 붓꽃뿌리를 3년간(97~99) 숭의여대 화단과 뒷산에 비오는 날 맞춰 옮겨심었는데, 누군가가 자꾸 뽑아 간다. 하지만 몇 군데는 지금도 잘 자란다.

나는 앞마당에서 세상을 배운다. 물끄러미 앉아 꽃생물과 땅기운 얘기를 주고받는 맛도 괜찮다.

이 글을 썼던 지난 날 마당은 신축건물로 변했다. 캠퍼스로 옮겨 심은 흰 철쭉은 한경직기념 동산에 다시 뿌리를 내렸고, 도라지와 붓꽃은 새건물 뒷마당에 있다. 아쉽게도 이젠 옛날처럼 대형 파노라마는 찾아 볼 수가 없다.

틈나는 대로 야생풀꽃, 도라지꽃, 붓꽃 등을 근접해서 그려보는게 재미있다. (1983)

겨울 새벽

새벽 4시면

나는 하루를 연다

겨울 새벽은 무거운 침묵이다

찬 기운은

동네를 짓누른다

갑자기

시끄러운 오토바이 한대가

선을 가르고 지나간다

어둠을 두 쪼각 내듯

그러나

나는 와공(臥功)[1] 으로

그 소리를 씻는다

2002. 1

1) 요통 때문에 누워서 하는 내공

20년 이상된 도라지가 내 키만큼 자란다. 나는 붓꽃과 도라지꽃을 좋아한다

3 · 김정과 김청정의 사이

김정(金正)과 김청정(金淸正)은 누구인가. 이름의 주인공은 형제도 사촌도 아닌 이명동인(異名同人)의 나 자신이다.

사연인 즉 김청정은 일제에 의한 창씨(創氏)제도가 시행된 1938년 3월 이후에 내가 태어났기 때문에 생긴 이름이다.

나는 호적신청 때 강압에 의해 일본 이름인 '청정'(原田淸正·하라다 교마사)으로 호적에 오를 수밖에 없는 운명이었다. 당시 공무원이셨던 내 부친은 일본 이름과 원래 가문의 돌림 이름 사이에서 옥신각신 하다가 고민 끝에 결국 1년 뒤 김청정으로 등재했다. 그후 나는 고교 2년부터 일본식 이름이 싫어서 가운데 '청' 자를 빼고 써왔다. 그 바람에 젊을 때부터 지금까지 이름 때문에 생긴 에피소드도 많다.[1] 이름을 아예 김정으로 고치려고 개명신청서까지 갖다놓았으나 이것도 간단치가 않고 하루 이틀 미루다 지금까지 못하게 된 것이다. 이젠 김정이 아예 공식명이 되다시피 됐다.

모두가 다 팔자려니 하고 살지만 불편한 일이 한두 가지가 아니다.

---

[1] 고등학교 때 명찰을 고쳤다고 선생님한테 야단도 숱하게 맞았다. 부산행 비행기표를 김정으로 예매했던 모씨가 공항에 가서 접수하는데 자꾸 주민번호와 이름이 안 맞아 애먹던 일. 정부기관에서 원고료를 받고 영수증을 김정으로 써 줬는데 나중에 주민등록 이름과 착오가 발생하여 오해 받던 일등 헤프닝이 많았음. 이젠 아예 이름 옆에 괄호 치고 본명을 적는 버릇이 생겼다. 독일식 발음은 김융이다. 그래서 어떤 독일인은 Kim Young으로 기억됐는지 우편물까지 김영으로 온 적이 있음. 이래저래 수난이 많은 이름이다.

필자의 20~30대 사진들. 아래는 1959년 대학 1년 때. 야외스케치를 열심히 하던 시절

59학번인 나는 1961년 대학 2년 때 입대하여 1964년 제대했다. 전방부대에서 병영 시절(1962)

30대 모습부터 40대, 50 60대로 넘어가는 생로병사의 원칙에 순응하고 있다. 최근에 머리를 짧게 깎으니 여러 모로 좋다. 그래서 늙으면 간디처럼 짧은 머리가 되는 게 교과서인가 보다

4 · 캠퍼스 이야기 Ⅰ

내가 26년째 몸담고 연구해온 숭의캠퍼스는 내 삶에 소중한 시간들을 함께 해온 곳이다. 학교 규모는 자그만해도 백년의 역사가 자랑스럽다.

매년 새봄이면 단발머리 신입생이 들어와 2~3년 지나면 금방 새색시처럼 화사해진다. 4월의 산기슭 꽃대궐도 장관이다.

이원수의 '나의 살던 고향'처럼 복숭아꽃 살구꽃 벚꽃이 그대로 교정을 비춘다. 숱한 희로애락이 묻어있는 캠퍼스를 몇 줄 짧은 글로 써본다.

고등학교 식당 앞에 서 있는 소나무. 가지가 끈에 묶여 아프게 있는 것을 발견, 나는 중학교 교감에게 얘기해서 풀어주었다. 모양새는 없으나 소나무가 옆에 있다는 게 얼마나 소중하고 행복한가….(1999)

학교 담벽에 '崇義學園'이란 글자는 1985년경 담공사 때 이반 교수의 부탁을 받고 필자가 쓴 것임. 아래는 대학 소운 동장에서 리라 쪽을 본것(1988)

목멱의 추억

오늘도 캠퍼스엔 햇살이 꽂힌다
숭의 음악당 건너편 인왕산
저 멀리
도봉이 보이는 목멱의 오후
연구실 窓가로 童顔老人
깊은 명상에 잠긴 김교수
작품구상인가 청승인가
디스크 통증 참는 두뇌훈련인가
흐르는 기타 소리는 가요백년다

연구실 오를 땐 54 계단
내려갈 땐 52 계단
식당 숟갈 젓갈질 삼천오백번 [1]
명동역 지하철 오르내릴 땐
남산길 S 자 좁은 언덕길 따라
수없이 부딪치는 얼굴
얼굴들

꽃같은 젊음의 미소
뒷산의 목멱 까치가
주차장 위를 날아 갈 때
대학생 언니는 벤치에
중학생은 잔디동산에서
웃음꽃 까르르
유치원 아이들은 운동장에서
강아지처럼 뛰논다

수많은 사연이
젊음이
사랑이 숨쉬는 곳

목멱의 오후
목멱의 추억
나는 오늘도 추억을 노래한다

2002. 6.

---

1) 일년 열두 달 방학 빼고 일요일 빼면 점심은 176번. 20년이면 3,520번 정도 식당을 출
   입함

南山의 봄 · 3

5월의 남산은
녹색헝겊에
하얀 밀가루를 흘려 놓는다
그리고 아카시아 향을 뿌린다 ¹⁾

산 위쪽은
소나무
산 아래는
아카시아

5월의 남산은
산아래 하얀 빛이
더욱 빛난다
아카시아향이
훈풍을 싣고
멀리 인왕산으로 가고 있다

  2001. 5. 15

여름 운동장

케이블카 사이로
뭉게구름이 가고 있다
운동장은 쥐 죽은 듯
고요가 흐른다

불볕이 세상을 온통 내리덮는 오후
가끔 말매미 소리만 통과할 뿐
누구도 이 더위를 뚫진 못한다
그냥
조용히 숨 죽이고 있다

운동장에 서있는 검정색 차는
불에 구워먹듯 녹아내린다
우연히 내다본
학교 운동장은
여전히
이글거리고 있다.

  2000. 8.

1) 숭의캠퍼스 주변에 오동나무가 많아 좋다. 거기서 툭툭 튀는 가야금 소리가 들리는 듯
   하다. 4월에는 눈부시게 핀 벚꽃과 5월은 아카시아 꽃이 흐드러지게 핀다. 주차장 뒤
   쪽 오동나무 몇 그루는 6월을 빛내준다. 그래서 뒷길을 거닐면 그냥 詩가 줄줄이 쏟아
   져 나온다. 가슴이 트인다.

5 - 나의 작품 소재

나의 작품을 내가 얘기하는 건, 그저 작업했던 당사자로서 뒷이야기를 쓰는 것뿐이다.

내 작품경향을 돌이켜 보면 대략 40년 세월에 몇 개의 커다란 테마로 나뉘진다. 작가의 관심이 변화되어왔다는 발자취가 된 듯하다. 그 당시에는 어떻게 변해갈 지 나 자신도 몰랐다. 지나고 보니 아하 이런 것에 몰두했었구나 하는 기억이 되살아 날 뿐이다. 간단히 생각나는 데로 적어본다.

I 섭렵시대 : 김기방 박고석 이철이 선생의 영향을 받아 자연물 소묘를 많이 했다. 우연히도 김기방 박고석 두 분은 똑같이 평양 출신 화가였다. 두 분이 전쟁 때 피난 온 분이었다.

나의 고교시절은 99% 가 소묘작업이다. 졸업하고도 학교 미술실에 들르면 이철이 선생님은 나를 붙잡아 데생 연습을 강요하셨다. 그분은 노상 몽둥이를 갖고 다녔다. 주무실 때도 옆에 놓고 잘 정도다. 노상 연필 데생과 크로키를 강조하셨다. 유일한 친구는 박수근 한 분이셨다.

김기방 선생님도 청년 김정을 데리고 태릉 쪽으로 사생을 자주 갔다. 봄철 배꽃 풍경과 능안의 소나무는 지금도 살아 있는 듯 기억된다. 김 선생은 안식교인이었는데, 지금의 삼육대학 언저리를 가곤 했다. 박고석 선생님 화실에선 크로키와 스케치 훈련을 많이 했다. 박 선생은 별로 말이 없으셨고, 그저 내 스스로 익혀가란 뜻이다. 술을 좋아하셨고, 가끔 질문을 하면 말보다는 몸짓 제스처를 자주 쓰신다.

나의 1960~70년 시절은 이것저것 귀담아 그렸다. 큰 작업은 못했고 드로잉을 많이 했다. 미술대학원 진학 문제 때문에 갈등과 고민에 빠졌고, 군대를 3 년 갔다 왔다.

II 청년작가 시대 : 결혼 후 아이들에 대한 애정이 샘솟듯 천진난만한 동심을 그렸다. 아이들만큼 순수성이 있을까. 천사 같은 아기얼굴을 통해 인간의 본질을 그리고 싶었다. 더불어 인간들의 역사는 무엇이고 나는 누구이며 한국은 어떤 것인가 등에 관심이 많았다. 이 무렵 소위 '구전기' '창세기' '고향' '향수' 시리즈가 추상기법으로 다량 제작됐다. 결국 1970년대는 아이들의 모습과 구전기 창세기 향수 등의 원류를 찾는 듯한 테마 작품이 주류를 이뤘다.

III 아리랑의 발단 : 구전기는 바꿔 말해 삼국유사나 삼국사기와 유사한 옛이야기이다. 한국 역사에 심취되어 전국 고적지의 답사 스케치가 많았고 특히 강원 영월 평창 정선 인제 양구를 찾아 그 곳 이미지가 그림의 테마로 많이 등장했다.

군대 생활을 양구 인제에서 했기 때문에 그곳은 늘 고향 같은 느낌이 들었다. 한국인의 심성은 어떤 모습인가. 바위 꼭대기에 딱 한 그루 서있는 소나무일까. 남산 위의 저 소나무인가. 소나무나 민요는 우리 핏속에 어떤 존재인가. 한국인의 예술적 심성은 무엇인가에 관한 논문도 여러 편 발표했다. 그즈음 정선 아리랑에 매료되어 정선 평창 영월에서 살다시피 했다. 한국적 정체성을 찾는 작품에 관심을 갖고 표현해 보고자 노력했다.

아리랑에 깊은 애정이 생겨 모든 분야의 국악을 좋아했다. 판소리 민요에서 시조창에 이르기까지 한국인의 리듬감각 등을 회화로 시도했다. 시가(詩歌 時調唱 傳統歌詞歌曲)만을 회화작품으로 제작해서 개인전까지 했다. 거문고 가야금의 소리를 작품으로 제작해 보는 기간은 꽤 오래 걸렸었다.

그즈음 내 딸이 가야금 전공자였고, 아내가 여창가곡으로 김월하 선생 문하의 이수자였기에 우리집 분위기는 소리와 그림이 어우러져 있었다.

한국인의 직관력, 그리고 예술표현과 음악적 감정, 색채이미지 등이 나의 작품소재가 된다. 가장 가까이 한국인 가슴에 묻고 사는 노래, 아리랑은 도대체 무엇이냐에 대한 화두로 연구하고 있다. 화가는 고뇌를 통해서만 그림작업이 이루어지고 거기서 결실을 만나게 된다. 결국 화가는 캔버스 앞에서 고민하다가 죽고 싶을 때도 많다. 그러나 이상한 것은 그토록 고생스러우면서도 그 짓을 안 하면 더 죽고 싶다는 점이다. 내가 찾는 나는 누구인가. 한국인의 사상 기후 토양 자연 언어 이웃 등에 아리랑은 스며들어 있고, 나는 그것을 그림으로 캐내는 작업을 오늘도 해오고 있는 것이다.

1) 한국인의 정서는 '한국의 땅 나무 하늘' 등 기후의 영향을 받게 마련이다. 여름에 습도가 높아 후질근한 것 빼고는 사계절이 분명해 감각적인 부분은 풍부하다. 그래서 어떤 예술 분야에서도 다 포용할 수 있는 감정을 한국인은 갖고 자란다. 항상 같은 날씨의 LA나, 겨울 없는 동남아 등에 비하면 한국은 복받은 나라다. 우리의 詩歌도 매우 훌륭하다. 이쪽만 파고들어도 한 평생 다 못할 정도로 많고 흥미롭다. 1985. 5 2 - 5. 7 동방프라자 미술관에서 '벽 사창…' 등 시가를 繪畵로 시도해본 전시를 했는데, 의외로 많은 인파와 관심을 보여줘 감사할 뿐이다.

金 正 작품전

서양화가 金正씨의 作品展이 미도파화랑에서 열리고있다(20일까지)。 출품작은 「口傳記」「奇蹟」「鄕

즐겨 다뤄온 金씨가 이를 따뜻하고 화려한 색감에실어 분해하는 작업을 보여주고있다。 金씨는 앙가주망회원으로 활약중이며 이번 전시회는 그의 2번째개

金 正 작품전
15~20일 미도파 화랑

童心의 세계를 화폭에 담아온 화가 金正씨가 15일부터 20일까지 서울미도파화랑에서 작품전을 열고있다。 앙

◇金正작 「口傳記 2」

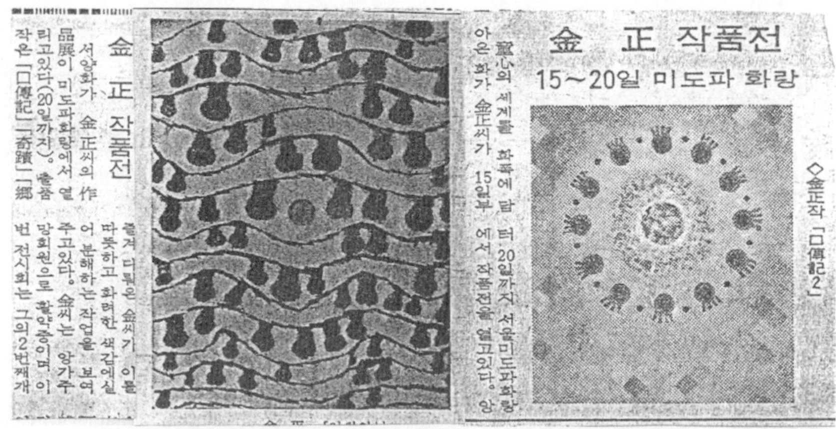

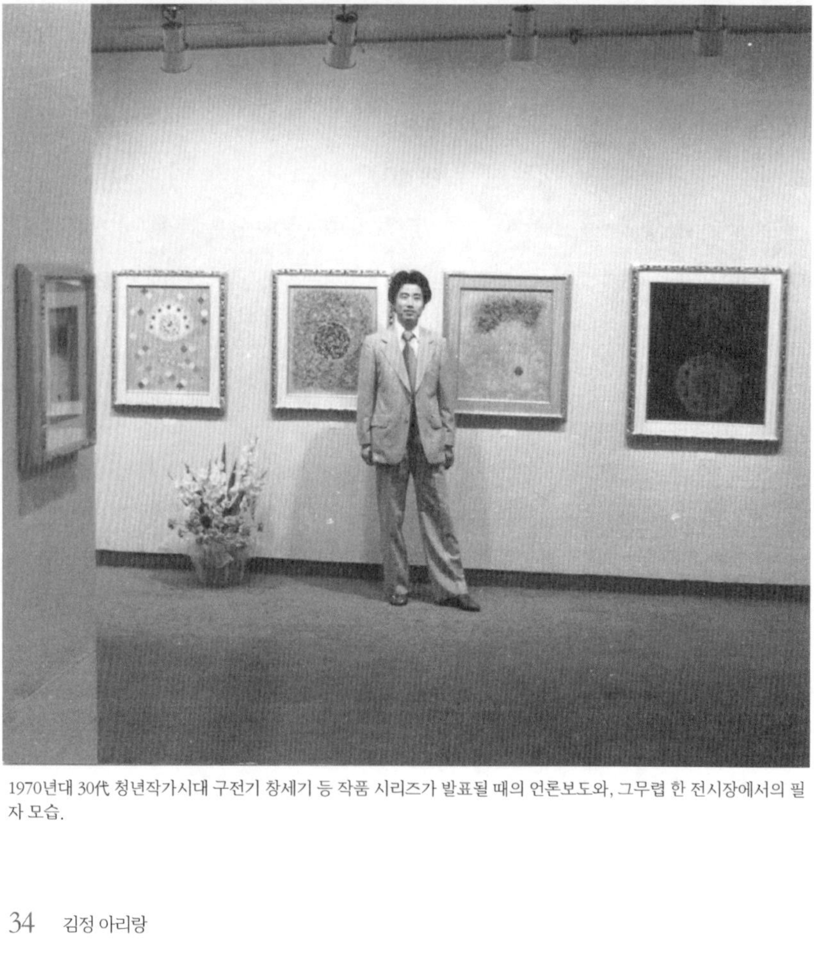

1970년대 30代 청년작가시대 구전기 창세기 등 작품 시리즈가 발표될 때의 언론보도와, 그무렵 한 전시장에서의 필자 모습.

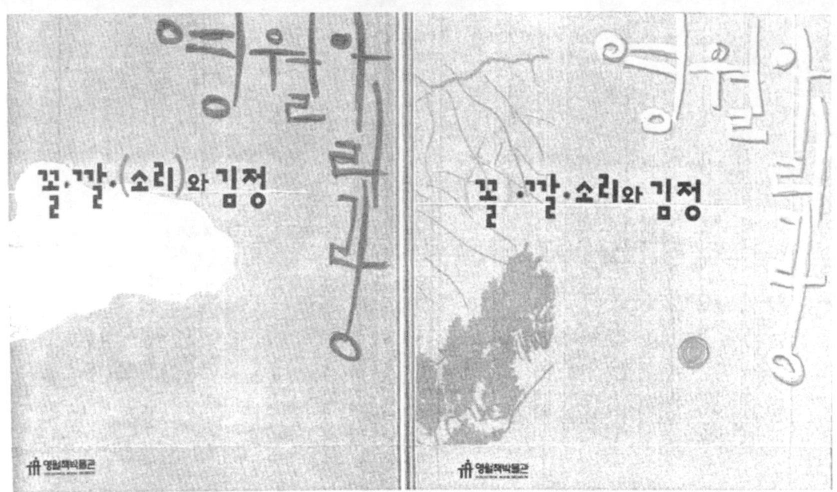

3,40대 시절 역촌동 작업실에서. 하루 24시간 그려도 모자랐던 때. 아래는 최근 영월책 박물관에서 기획한 '영월아리랑' 전시팜플렛 일부

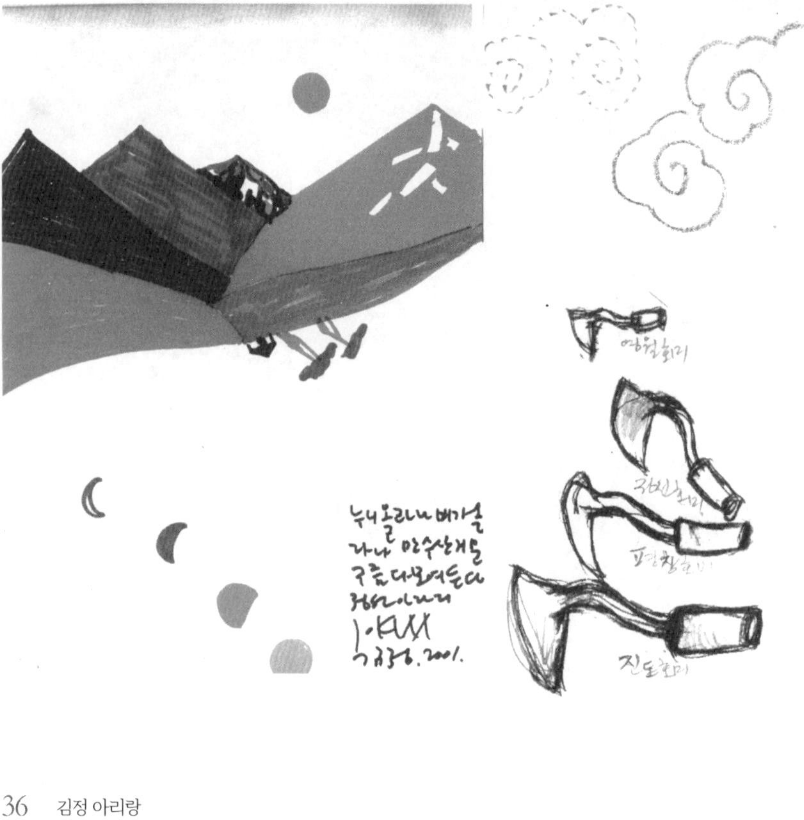

6 - 작업실 변천사

나의 공간에 대한 갈망은 20대 후반부터 늘 따라다녔다. 아마 작가라면 누구나 같을 것이다. 나의 세대는 6 · 25 한국전쟁과 정치혼란 속에 자라서, 팔자 좋게 넓은 작업실 갖는 건 꿈같은 얘기다.

나는 1964년 육군제대 후 삼선동 조그마한 방 하나를 작업실로 썼다. 총각시절을 그렇게 보내고 1969년 신혼 때에는 성동구 응봉동 시민아파트 방 두 개 중 하나가 작업실이었다. 두칸짜리 좁은 방이라 50호짜리 캔버스는 맘대로 움직이질 못한다. 그후 1975년 성북구 하월곡동 단독주택의 큰 건넌방이 작업실이다. 80호, 100호짜리도 자유로이 만질 수 있는 공간이었다. 여기서 자화상과 꿈 시리즈 몇 점을 건졌다.

1977년 은평구 역촌동 2층 작업실로 옮긴 이후 형편은 좋아졌지만 좁기는 마찬가지다. 역촌동 작업실은 지하공간도 넓어서 구전기(口傳記) 창세기(創世紀), 향수(鄕愁) 시리즈 등 대작이 제작됐고, 아리랑에 대한 음율시리즈가 첫선을 보였다.

1979~1982년 사이엔 독일을 오가며 아우구스브르그(Augsburg) 시와 스타트베르겐(Stadtbergen)시[1]의 작은 방이 작업실이었다.

1982년 이후 강남구 역삼동 2층에 작업실을 옮긴 뒤 150~200호짜리 작품 40여 점을 제작했다. 20여 평 넓이의 공간은 '아리랑' '정선아라리' 시리즈가 계속해 만들어진 곳이다. 강원도 정선 영월에서 구입해

온 소나무(坑木)[2] 로 목각과 회화를 통한 입체작업도 몰두했다. 백여 점의 입체물 '아리랑' 시리즈를 제작하느라 손톱 손가락이 성할 날 없었다. 마당에 천막까지 짓고 보관했다. 비가 80밀리 이상 오는 날이면 마당천막은 침수 위험으로 늘 불안했다. 처음엔 괜찮던 양옥 이층집이 점점 공장처럼 되어 집인지 작업실인지 마당 복도 마루 모두가 지저분할 정도로 작업장이 됐다. 그래도 작업공간이 있으니 행복했고 엄청난 작업을 했다. 2000년까지 입체물 120여 점과 평면작업 200~300여 점은 아마도 이때에 제작되었던 것으로 본다. 마침내 2001년 살던 집을 신축하여 맨 위층에 작업실이 생겼다. 충분치는 않지만 그런 대로 괜찮다.

공간에 대한 나의 욕심은 한도 끝도 없다. 그래도 지금은 200호짜리를 충분히 제작할 수 있으니 좋다. 단지 뭉크미술관에서 '뭉크의 대작'을 보고[3] 그 정도의 그림제작을 위한 작업공간이 늘 부러웠던 것이다. 그러나 그건 나에게 희망사항으로 끝나는 아쉬움일 뿐이다.

---

1) 아우스부르크 대학로인 Shill str의 입구에 Leckhausen str 6번가의 2층방을 몇 달 쓰다가 다시 옮기다. 옮긴 곳은 도심시청에서 전차로 20분 나온 변두리 작은 도시 Stadtbergen Hayden str 1번가. 잔트너 교수 주택 2층임

2) 탄광의 갱 속에 천장기둥을 받치는 받침목임. 당시 석탄채광이 중단되어 갱목으로 납품되던 소나무가 여기저기 길가에 야적되어 있는 것을 사왔고, 그 나무 기둥을 토막내고 갈고 깎고 그린 재료

3) 노르웨이 뭉크미술관에서 본 그의 대작 크기는 약 2000호쯤 되어 보인다

1975년 하월곡동 건너방 작업실. 아래는 1977년 역촌동 2층 작업실. 여기서부터 대작시리즈가 제작되다. 담배는 끊은 지 20년쯤 된다.

1990년대 역삼동 작업실의 평면작업공간. 입체물 작업은 정선 영월 평창의 소나무 갱목을 구입해 온 것.

역삼동 작업실을 짓기 전과 새로 지은(아래) 모습.

스타드베르겐 동네 풍경과 내가 묵었던 작업실. 이층 왼쪽 창쪽에 있었다.

역삼동 작업실의 한 부분. 1997.

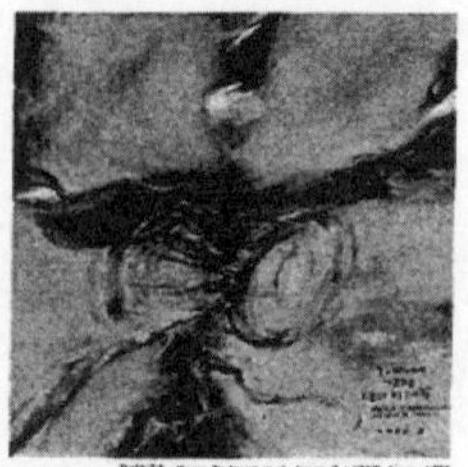

초대의 말씀

초록이 짙어 단풍이드는 가을 뒷자리에서 가을의 파란하늘이 그, 파란색의 파란을 닮이 우리, 식화랑의 가슴속으로 둥긴 둥이날것만 같은 파란 마음에서 金正 素描展 을 기획하여 여러분을 모시고자 합니다.

독일 초요전은 지난 6월(1~18일) 주한 독일문화인(민강 요하임 발라) 주최로 초 대전시되어 많은 외국인들께 국내앵에게 호평을 받았읍니다만 기회를 동격신분들의 요청으로 기뢰 西獨에서 앵콜초대를 갖게 되었읍니다.

저의 화랑에서 초대전을 갖게되는 기쁨과 의의를 한층 새롭게하고 싶어서였으니 다. 화려한 카스텔로 독일의 여러모습과 함께 스페인, 로마, 런던, 스위스, 화란, 카 리의 초요를 새로 추가시켰습니다.

부디 오셔서 자리를 빛내주시기 바랍니다.

1982. 9

石 畵廊 차 平 宣 모람

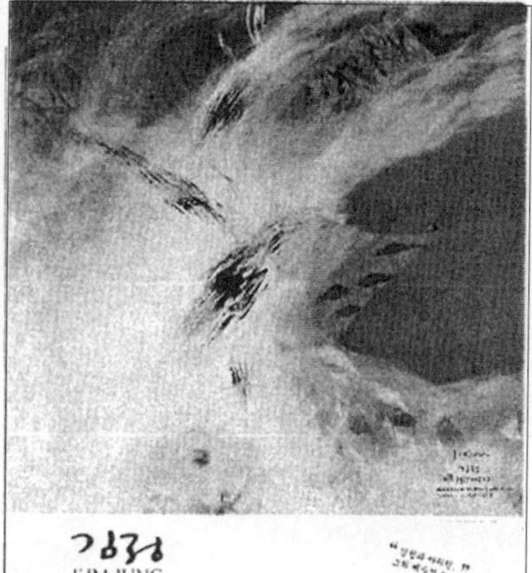

美 LA 오린지카운티에 있는 처남 최기영 씨 집에 마련된 작업장(2000.)

Der Betrachter der Ausstellung wird in den Zeichnungen und Skizzen von Kim Jung manche Ansicht von Städten und Landschaften Deutschlands wiederfinden, die bekannt und vertraut erscheinen und dennoch in der Darstellung des koreanischen Künstlers eine eigene oft überraschend neue Betrachtungsweise offenbaren. Mit diesem "Reisetagebuch in Bildern" greift Kim Jung eine jahrhundertalte Tradition auf, die in der Wiedergabe sowohl wie in der subjektiven Reflexion des Erschauten mehr authentische Wirkung erzielt als es die Fotografie vermag.

Joachim Bühler
Direktor
Goethe-Institut Seoul

招待의 글

KIM JUNG

Impressionen von Deutschland
Goethe-Institut Seoul
1. 6 bis 18. 6. 1982

● 1982년 6월 1일-18일
● 주한독일문화원 전시장

7 · 나의 작품 시리즈 - 아리랑

　내 그림의 아리랑 연작들 작품은 대략 400 여 점이 된다. 그럭저럭 40년 작업 세월 중에 26 년이 아리랑 관련 작품이다. 아리랑을 연대순으로 살펴봤더니 3~4 가지 유형으로 나타났다. 같은 아리랑을 듣는데도 나이 따라 다른 맛이 생긴 모양이다. 그러니까 10년 전 정선아리랑과 10년 후의 아리랑 느낌이 다른 것이다. 따라서 표현내용도 다르다. 정선아리랑 작품 연작이 어떻게 변했는가를 보니까 매우 흥미있었다. 대략 다섯 가지 성격으로 변화되어 간 것이 발견된다. 작품을 통해 변한 모습을 정리해 보았다.

　Ⅰ 1970 년대 : 산세(山勢)의 험준한 이미지가 강하게 나타난다
　Ⅱ 1980 년대 : 산보다는 계곡의 안개(雲霧)와 소나무의 상징성이 표현
　Ⅲ 1990 년대 : 소나무, 도라지, 옥수수, 하늘, 계절변화
　Ⅳ 2000 년대 : 산, 하늘, 율려(律呂), 계절
　Ⅴ 최근 : 달, 세월, 인생, 단순성

　처음의 산세에서 요즘엔 세월과 달로 바뀌었다. 의도적으로 계획한 것은 아니다. 10년 20년을 다니면서 그려진 것들인데 이제 와서 보니 저절로 이런 결과로 변해 있다는 얘기다. 한편 진도아리랑의 경우는

Ⅰ 1970 년대 : 바다의 상징성

Ⅱ 1980년대 : 섬과 회동마을 바다를 직접묘사 표현하고픈 내용이 강하다

Ⅲ 1990 년대 : 섬, 파밭, 유채꽃, 바다, 파도 등의 상징

Ⅳ 2000 년 이후 : 섬, 바다, 달, 세월

나는 단가(短歌)랄까 계면조를 더 좋아한다. 우수에 젖은 듯한 노래 분위기가 마음에 더 와 닿는다.

가령 그리그의 '솔베이지 송'이나 베토벤 '로망스Ⅱ'가 그렇다. 가요도 배호나 손인호, 남인수의 '청춘소야곡' 유심초의 '사랑이여…' 조용필 '창밖의 여자'를 즐겨 듣듯이….

정선아라리와 진도아리랑은 비슷한 감정을 느끼게 한다. 나의 판단으로는 강원 태백산맥이 전라 진도까지 그 맥이 氣를 쫓아 통한 듯 하다. 정선 진도를 자주 가다보니 자연스레 두 곳의 아리랑 연작이 제작된 듯 싶다.

내 아리랑 작품을 감상하는 분들에게 나는 당부하고 싶다. 화면 속에는 모든 것을 포용하고 삭히는 내공(耐功)이 들어가 있음을 봐달라고. 그래야만 작가의 작의(作意)를 엿보는 단서가 되지 않을까 하는 마음에서이다.

아리랑
높이 8,3Cm
1998(4331)

푸름아리랑
1. KLXH
2001.

8 - 아리랑 이야기 I Arirang I

아리랑이 무엇이냐는 질문은 쉽고도 어려운것이다. 아리랑에 끌려 30년 됐지만 말로는 딱히 이것이라고 못하고 그저 감정으로는 뭉클함을 느낀다. 아리랑은 우리 나라 고장 어디서나 전해오고 있다. 그러나 미국 영국 프랑스 중국 일본 러시아 등엔 우리 아리랑 같은 가치적 성격의 민요가 없다.

박민일 교수는 '아리랑은 한민족 정신의 힘줄기인 동시에 영원히 맥박할 우리의 정서요 사유요 행동거지다.' 또 정동화 교수는 '우리 민족의 끈기와 슬기, 낙천성의 원동력'이라고 했다.[1]

다음은 나의 작품제목에 자주 등장하는 두 곳을 써본다.

■ 정선아라리 : 강원도 정선 땅을 내가 처음 가 본 것은 1967년이었다. 그땐 역전 앞 막걸리집 몇 개가 있었다.

그 뒤 스케치 겸 답사여행을 떠난 것은 1974년 운현궁 극단에서 연극 '아우라지'를 관람하고 난 다음이었다. 읍내는 활기가 있었다. 아리랑에 대한 홍보는 정선문화원 최문규 원장, 연규한 부군수 등이 애썼고, 아리랑 기능보유자들도 있기는 했지만, 농사일하고 짬 있을 때만 노래하는 형편이었다. 그때 김병하 씨는 역전 옆 제재소 안에서 살았으나 노래만 불러선 기초생활이 어려워 보였다.

정선아리랑을 그곳 분들은 '정선아라리'라고 한다. 정선아라리는 어떤 철학적 감흥이 가슴속에서부터 나오는 듯하다. 노래가 요란하거나 흥겹지는 않지만 깊은 맛이 있다. 아마도 깊은 산 속의 적막과 그 속의 진저리나는 고독이 노래로 표현되어, 그 노래가 다시 삶의 힘으로 재생되는 청량제가 되어 그렇게 느껴졌나 보다.

정선에 정선아라리가 없다면 그 옛날 어떻게 살았겠는가 반문케 된다. 정선에 자주 다니는 나를 보고 아예 정선 사람 다 됐다고 한다. 정선엔 요소요소 숨어있는 비경이 많아 신비스럽기까지 한 땅이다. 정선아라리 가사는 무려 600수가 넘고, 절경도 많아 감춰진 금강산이라고도 한다.

대작으로 이어진 내 작품의 무대는 몰운대와 숙암계곡이다. 두 곳 다 멋진 氣가 살아 숨쉰다. 서울에서 정선으로 갈 때 숙암을 보기 위해 일부러 나는 하진부를 경유하여 숙암으로 들어간다. 최근 폐광 이후 정선의 경제는 아주 나빠졌다. 그래서 나는 일부러 읍내의 막국수, 순대국밥 사먹기, 주유소 기름넣기, 당기 나물 사주기 위해 정선으로 발길을 돌린다. 그러나 요즘 내 허리 디스크 때문에 자주 못 가 안타까울 뿐이다.

눈이 올라나 비가 올라나 억수장마 지려나
만수산 검은 구름이 막 모여든다
아우라지 뱃사공아 배 좀 건네주게
싸리골 올동박이 다 떨어진다
아리랑 아리랑 아라리요
아리랑 고개 고개로 날 넘겨만 주오

■진도아리랑 : 전라남도 진도는 말 그대로 보배섬이다. 옛날부터 군사적 문화적으로 중요한 곳이었다. 정선아라리와 뒷맛이 상통하는 묘한 흐

름이 있다. 경상도 밀양아리랑과 다른 맛이다. 정선 땅이 사방으로 막힌 산이라면 진도는 사방이 뚫린 바다로 대조적이다. 진도는 농수산물이 풍부하지만 일손이 바쁘고 정선도 농산물은 있되 예전엔 소금이 없어 고생하는 삶이다. 진도는 바다 풍랑 때문에, 정선은 소금 구하러 준령 넘는 사고 때문에 근심과 비극을 안고 산다. 그래서 두 곳 다같이 굿과 춤이 있고 굿춤도 많다.

진도는 정선에 비해 삶의 방식이 다양하다. 육지 해상을 겸해서 생기가 있다. 탁 트인 앞바다는 율동이 있다. 그러나 정선은 막힌 산 속으로 고요가 흐른다. 그래서 진도와 정선은 산과 바다의 관계처럼 대조적이면서도 동질(同質)의 맛을 준다. 진도의 대파밭 풍경은 멋진 녹색 드라마다. 이는 정선의 옥수수밭 풍경과 너무나도 흡사한 한국적 미를 연출해 낸다.

나는 진도 정선 두 곳의 녹색들판에 완전히 매료되어 있다. 일찍이 예술혼을 불사른 허소치의 운림산방을 비롯, 남도석성 지산면의 진돗개, 강강술래, 아름다운 여러 섬 등은 진도의 노래가락에 잘 맞는다. 거기에 아리랑 가락이 리듬감있게 들리면 나는 내 영혼을 주체할 수 없이 빠져 들어간다.

아리 아리랑 스리 스리랑 아리리가 났네 에헤헤

아리랑 응응응 아라리가 났네

문경새재는 웬 고갠가

구부야 구부구부 눈물이로구나

아리 아리랑 스리 스리랑 아라리가 났네 에헤헤

아리랑 응응응 아라리가 났네

청천 하늘에 잔별도 많고

요내 가슴 속엔 희망도 많다

1) 아리랑은 삶의 소리며 존재획득 존재지속 존재확인을 위한 소리다. 아리랑을 부르는 한 우리 모두는 살아있음을 확인되는 것이다. 삶의 소리는 조국애에 직결되며 고향의 노래는 홍익인간의 바탕정신 和, 사랑의 노래는 광명이세가 지닌 明의 정신, 버팀과 이겨냄의 소리는 꿈의 의지로써 한민족 정신의 원형 속에서 작용하고 있다. 〈박민일. 아리랑정신사. 강원대출판부. 2002. p45 / 정동화. 인생은 끝없는 고개 아리랑을 부르며 넘자. 선일. 1994. p39〉

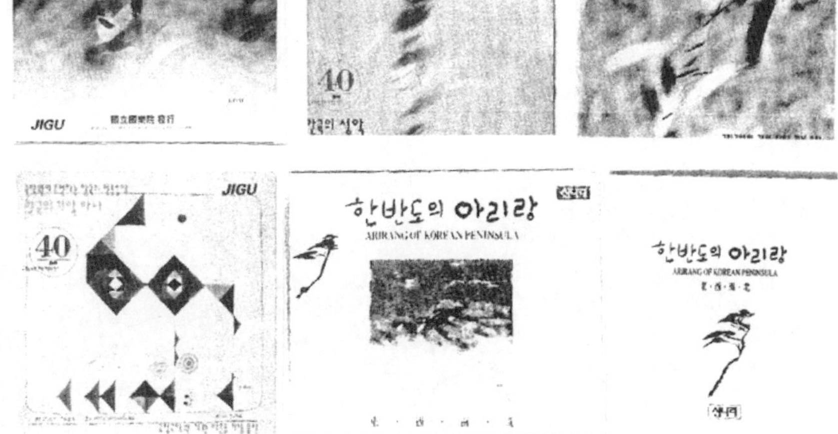

필자 그림으로 나온 각종 음반. 국립국악원 창립 40년기념 음반제작 CD들. 표지를 필자의 작품시리즈로 제작했다. 사물놀이. 합주. 가야금. 창 등으로 지구레코드사에서 나옴. 한반도 아리랑은 신나라 레크드사 작업으로 나왔음.

아리랑 90.5 × 90.5Cm 4331(1998)

1993년 무형문화재이신 국악인 홍원기 선생을 집으로 초청, 남창가곡과 가야금 소리를 듣던 날.

9 - 강원도와 정선아라리

나의 작업에 '정선아라리'라는 타이틀이 붙은 작품이 많다. 아리랑 시리즈 작품의 70~80%가 아마 강원도 지역 아리랑일 것이다. 우리 나라에서 아직 산림이 남아 있는 지역은 강원도뿐이라는 생각이 든다. 그나마 강원도가 있으니 한국의 공기를 정화시켜주는 것이리라. 이렇듯 한국을 맑게 해주는 데도 국가에서 강원도에 보상해 주는 게 없다. 말하자면 자연을 귀중하게 아는 큰 정치지도자가 없다는 뜻이다.

역대 대통령 모두 자기 집 호화롭게 짓는데만 눈이 뻘겋다.

정선 평창 영월 인제 강릉 등의 아리랑은 비슷하나, 정선아리랑만 많이 알려져 있다. 한국사람들은 정선아리랑을 모르는 사람이 없을 정도다. 그러나 정선아리랑이 크게 두 가지로 갈라져 있는 것을 모르는 이는 많다. 아리랑 전문가 의 구분은 분명하다.[1] 즉 정선의 전래적 토속민요 정선아리랑과 경기소리패의 윤색된 통속적인 무대민요 정선아리랑(가사는 정선엮음아리랑)은 서술 형식 구조 가락 등이 다르다. 예컨대 정선아리랑과 정선엮음아리랑을 같은 컨셉, 같은 타이틀로 수렴한 이창배의 취택을 그대로 수용한 경기소리패들의 잘못된 가사적 오류에서 온 혼돈이었다. 심지어 정선아리랑을 강원도 아리랑으로 제목까지 바꿔 섞는 오류는 더 큰 잘못이었다.

정선고을의 토속적 정선아리랑은 ①수심편 ②산수편 ③애정편 ④처세

편 ⑤무상편 ⑥엮음편으로 나뉜다.[2] 이와는 대조적으로 경기소리패들의 무대민요 정선아리랑은 이창배가 가요집성에 수록해 놓은 정선아리랑 가사를 말한다. 토속아리랑과 딴 판이다. 이창배 편작과 같은 노래들은 경기노리패, 김옥심, 조용남, 김영임, 하춘화 등으로 불려진다.

토속적 정선아리랑은 아리랑의 기본틀 2행 1구를 유지하고 있지만, 이창배 윤색의 아리랑은 기본틀을 깨고 길고 넓게 엮어졌다. 그러니까 이창배의 정선엮음아리랑을 정선아리랑이란 이름으로 교습된데서 비롯된 것이다.

나는 개인적으로 정선땅의 토속적인 '정선아라리' 수심편에서 무상편까지를 더 좋아한다. 그것은 정선의 비탈진 밭농사 풍경과 잘 어울릴 뿐만 아니라, 맛 자체가 나에겐 그림이기 때문이다.

---

1) 석우 박민일. 강원대 교수역임. 세계아리랑 연합회이사. 아리랑 연구 및 저술로는 가장 많은 실적을 갖고 있음. 최근 정년기념 논문집을 간행했음. 앞의 책 2002. p2-13

2) 수심편 : 아리랑 아리랑 아리리요 아리랑 고개고개로 나를 넘겨 주게 / 명사십리가 아니라며는 해당화는 왜 피며 모춘삼월이 아니라며는 두견새는 왜 울어

산수편 : 만첩 산중에 들새들은 슬퍼서나 우는데 달이야 밝거들랑 배띄워 놓고서 놉시다

애정편 : 아우라지 뱃사공아 배 좀 건네주게 싸리골 올동백이 다 떨어진다

처세편 : 금전을 주어도 세월은 못사나니 알뜰한 세월을 허송치 맙시다

무상편 : 세월아 네월아 나달 봄철아 오고가지 말아라 알뜰한 이팔청춘이 다 늙어간다

엮음편 : 우리집 시어머니 삼베질삼 못한다고 울타리 꺾어서 날 때리더니 한오백년 못살고서 돌아 를 가시니 지근이 원통도 해요

이창배의 정선아리랑 : 강원도 금강산 일만이천봉 팔만구암자 유정사 법당 위에 칠성당 모두 놓고 팔자에 없는 아들 딸 낳아달라고 석달열흘 노구메 정성을 말고 타관객리 외로이 난 사람 괄세를 말라

김옥심의 정선아리랑 : 태산준령 험한 고개 칡넝쿨 얼크러진 가시덤불 헤치고 시내물 구비치는 골짜기 휘돌아서 불원천리 허덕지덕 허위단신 그대를 찾아 왔건만 보고도 본척 만체 돈담무심 아리랑 아리랑 아라리요 아리랑 고개로 나를 넘겨만 주오

김영임의 정선아리랑 : 강원도 금강산 일만이천봉… (가사 이창배와 같음)

정선아라리
32 × 17Cm
입체
1999

아리랑
26.3 × 9.5Cm
입체
4332

정선엮음 아리랑
41.3 × 17.1Cm
입체
1999

六生七八九運
26.3 × 9.51Cm
입체
1998(4331)

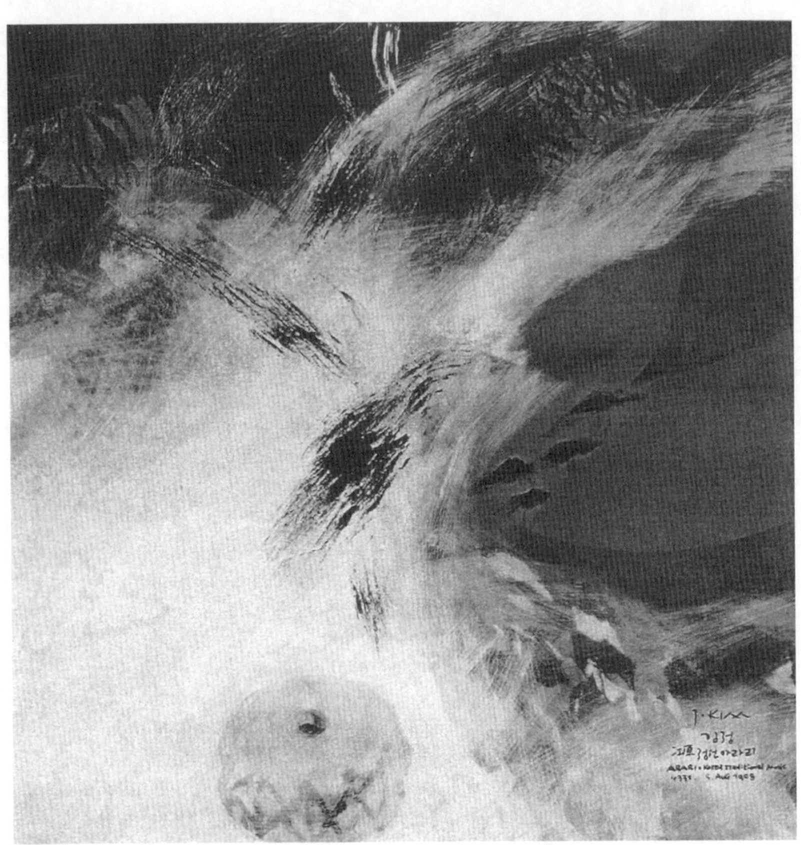

강원 정선 아라리   65.3 × 65.3Cm   4331(1998)

위는 강원 하진부 -숙암 - 정선 가는 길에 잘생긴 소나무를 배경으로. 아래 정선 솔치고개 뒷쪽 솔밭에서 잠시 쉬고 있는 문화탐사 일행과 함께.

94. 아리랑 회화제(인사동 도올화랑) 전시 오픈에 정선아리랑 기능보유자를 초청, 노래를 청하고 있다. 정선 아우라지 강물의 뗏목 축제 때(1995).

강원도 아리랑
12.5 × 12.5Cm
입체
1998

한반도 아리랑
15 × 15Cm
입체
1999

강원도 아리랑
15.2 × 15.2Cm
입체
2000

ㄱ 김정
J. KIM
江陵洛山寺
'1993. 12

역삼동집 마당에서. 아리랑 입체조형물을 촬영하다가…. 정선문화원 주최 여름철 청소년 '향토문화학교'에서 1997.

10 · 진도와 진도아리랑

나는 진도(珍島)를 자주는 못 가도 짬짬이 가보는 편이다. 관광철 말고
소위 비수기에 간다. 남도석성(南挑石城)과 용장성(龍藏城)을 보면 대단한
끈기와 호국민족애가 베어있었다는 걸 느낀다. 진도대교를 넘어 좌편이
동쪽이고 섬 중심을 가로지르는 도로 18 번은 팽목이항과 서망 해수욕장
까지 뻗어 있다. 진도는 백제 성왕 15 년(537년) 때 진도군으로 창군 고려
때 옥주, 해진이었다가 세종 19 년(1437 년)에 진도군으로 다시 회복됐다.

평년기온 13℃ 농수산물이 풍부해 천혜의 섬이다. 임회면과 지산면의
파밭풍경도 아름답다. 진도아리랑은 몇몇 전해오는 타령가사를 그때그때
즉흥적으로 만들어 불렀다. 대중에게 공감 얻는 가사는 곧바로 진도아리
랑 타령의 가사로 정착되어 왔기 때문에 많은 가사량과 더불어 호응도가
높다. 진도아리랑 전문가인 박병훈씨[1]의 진도아리랑 타령의 특색을 들어
본다.

① 옛날부터 불려오는 민요로 他아리랑에는 없는 유일한 타령이다. 옛
날에는 그냥 아리랑타령인데 1990년 초 지명을 따서 진도아리랑으로 붙
였다. ② 창법은 판소리나 또는 남도민요와 같이 느낌이 구성진 굵은 목을
눌러 내는 듯한 성격이다. 특히 떠는 목, 평으로 내는 목, 꺾는 목 등은 타
지방에 없는 소리이다.

③ 가사는 주로 사랑인데 님에 대한 감정을 즉흥적 해학과 익살로 덧붙

여 부른다. 그것은 한도 슬픔도 사랑으로 승화시킨다. ④ 타령의 장단은 세마치이고 선율은 시나위의 중모리 장단이다. 가사보다는 가락에 독특한 여음의 묘미가 특색이다. ⑤ 후렴 중의 '응~응~응' 하는 부분은 타아리랑엔 없는 것이다. 즉 콧방귀같이 흥이 나서 흥흥흥의 변형이거나, 정사장면을 묘사한 것이거나, 본인의 속 깊은 사정을 들어 달라고 칭얼대거나, 무거운 짐을 지고 고개를 넘는 고통의 소리거나, 아무 의미 없이 흥돋우는 거나, 한탄이나 울음소리 등을 나타낸 의미가 아닌가 한다. ⑥ 정선 밀양 경기 아리랑은 끝부분이 낮게 내려가는데 진도는 반대로 높이 치켜올리는 음악적 특징이 있다. ⑦ 자연 인생을 노래한 것보다는 여인들이 '님'을 그리며 사랑을 해학적으로 노래한 '여인들의 노래' 즉 부요(婦謠)의 하나라는 특징으로 보고 있다.

진도아리랑 타령의 가사에 얽힌 기원설이 있는데 그중 전설 하나 '대가집 외동딸과 진도아리랑'[2]이다.

노래가사도 시대변천에 맞춰 변해오는 몇 개를 감상해보면 '아리아리랑 서리서리랑 아라리가 났네' '아리아리랑 쓰리쓰리랑' '간다 못간다 얼마나 울어서 정거장 마당이 대동강이 되었네' '간다고 못간다고 얼마나 울어서 정든 임 마당이 한강수가 되었네' 요즘으로 보면 당시의 신식문명에 대한 해학이다. '신랑신부 좋으라고 비단이불 생겼고 처녀총각 좋으라고 연애가 생겼다' '종달새 울면은 봄이 온 줄 알고 하모니카 소리나면 임이 오신 줄 알아라' '일본아 대판아 깡찌러져라 북해도 징용가서 임 만나보게' '아리랑 본청은 전라도 진도고 하이칼라 본청은 서울에 신 맏지' '진도라 대교는 연육교라 섬 큰애기 소리는 말도나 말게' 등처럼 시대를 반영하고 있어 살아 있는 타령이다.

그것은 바로 삶의 역사로서 증인이 될 수도 있는 것이다.

1) 박범훈 편. 진도아리랑 증보 3판. 진도문화원. 1997. p23-24

2) 상게서. p38-39. 大家집 외동딸과 진도아리랑 : 옛날 이 고장에 천인 출신이었으나 잘
생긴 얼굴에 노래까지 잘하는 총각이 살고 있었다. 이 청년은 청운의 뜻을 품고 올돌목
을 건너 육지로 들어갔다. 발 닿은 곳이 대구 근방 어느 대가집의 머슴살이였다. 그런데
이 총각의 외모와 노래에 반해버린 대가집 외동딸이 머슴총각과 만나 밀회를 속삭였고,
결국 호랑이 같은 주인에게 들켜 버렸다. 이 두 남녀는 죽음을 면하고저 야반도주해 총
각 고향인 진도로 와서 금실 좋게 살았다. 이때의 노래가 불려진 것이 '앞강에 드는 물
은 갈라지면 갈라져도 우리 둘이 든 정은 갈라 질 수가 없네' '따라라 따라라 나만 졸
졸 따라라 뒷동산 좁은 길로 나만 졸졸 따라라' '가노라 가노라 내가 돌아간다 정든 님
따라서 내가 돌아간다' '산천이 좋아서 내가 여기를 왔냐 님 사는 곳이라고 내가 여기
를 왔재' '아리살살 춥거든 내 품 안에 들고 벼개가 높거든 내 팔을 비어라' 그런데 이
총각이 그만 병이 들어 죽게 됐다. 여기에서 슬픔이 서린 진도아리랑 타령이 불려지게
된다는 전설이다.　'왜 왔던고 왜 왔던고 울고 갈길을 돼 왔던고' '바다에 뜬 배는 날
실어다 놓고 환고향 시킬 줄은 널그리 모르냐 '강로야 강로야 육로나 되거라 내발로
걸어서 내 고향 갈란다' 이상의 설화전설은 조선 총독부 시절 수집된 자료로 당시 민속
자료집에 수록되어 국립도서관에 보관. 한편 □傳해 오기도 하는데, 조기엽 임순재 정
승한 조담환씨 등이 제공했다.

* 나는 진도의 대파밭을 생각하고 파국을 자주 먹는다. 파소비를 늘려 그분들의 사기를 높
이고 싶다. 한편 파국은 시원하고 건강에도 맞는다.

가끔 파농사 짓는 농심의 괴로운 모습을 볼 때는 나 역시 괴롭다. 파값이 안 맞아서 그 많
은 파밭을 그대로 썩히는 광경이라든가, 산더미처럼 뽑은 파 앞에서 눈물 짓는 아낙의
모습은 차마 볼 수가 없다. 이 나라 농림정책은 과연 있는 것인가를 생각하게 한다.

사진은 전남 진도의 남도 석성 앞에서. 이 석성은 왜군의 침입을 막는데도 유용했다.

전남 해남 땅끝마을(일명 토말)인데, 뒤에 작은 소나무가 일품이다(1994)

진도아리랑
21 × 21Cm
입체
2000

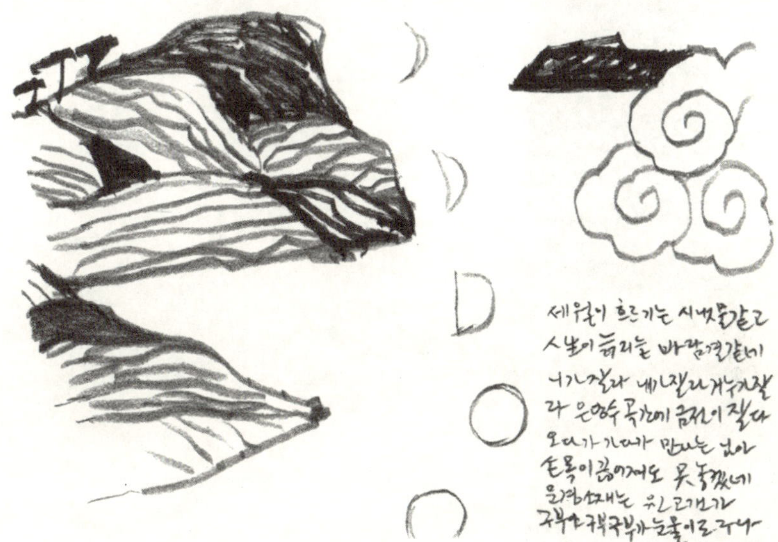

* 진도 아리랑碑는 민요비로는 가장 크다. 비문의 前面내용을 보면 다음과 같다. 한민족의 상징민요처럼 불리는 아리랑은 곳곳마다 그 고장의 특색을 담고 있다. 그 중에서도 진도아리랑은 예향다운 특징을 고루 갖춰 누구나 쉽게 부를 수 있으면서도 부르는 이는 즐겁고 듣는 이가 흥겹기가 으뜸이다. 진도아리랑은 모든 이의 원망도 슬픔도 신명나는 가락과 해학적인 노랫말로 풀어주는 타령 중의 꽃이다. 이 고장 선인들은 비록 살아가는 삶이 고되고 한스러울 적에도 스스럼 없이 속마음을 노랫말로 토해내 목마름을 달랠 줄 아는 슬기를 보였다. 우리 군민들은 이 멋과 정서의 뿌리를 널리 자랑하고 오래오래 이어갈 증표로 삼고저 뜻을 모아 여기 이 비를 세운다. 학고 金井昊 짓고, 장전 河南鎬 쓰다(상게서 p.14)

진도 아리랑
높이 74Cm
1999

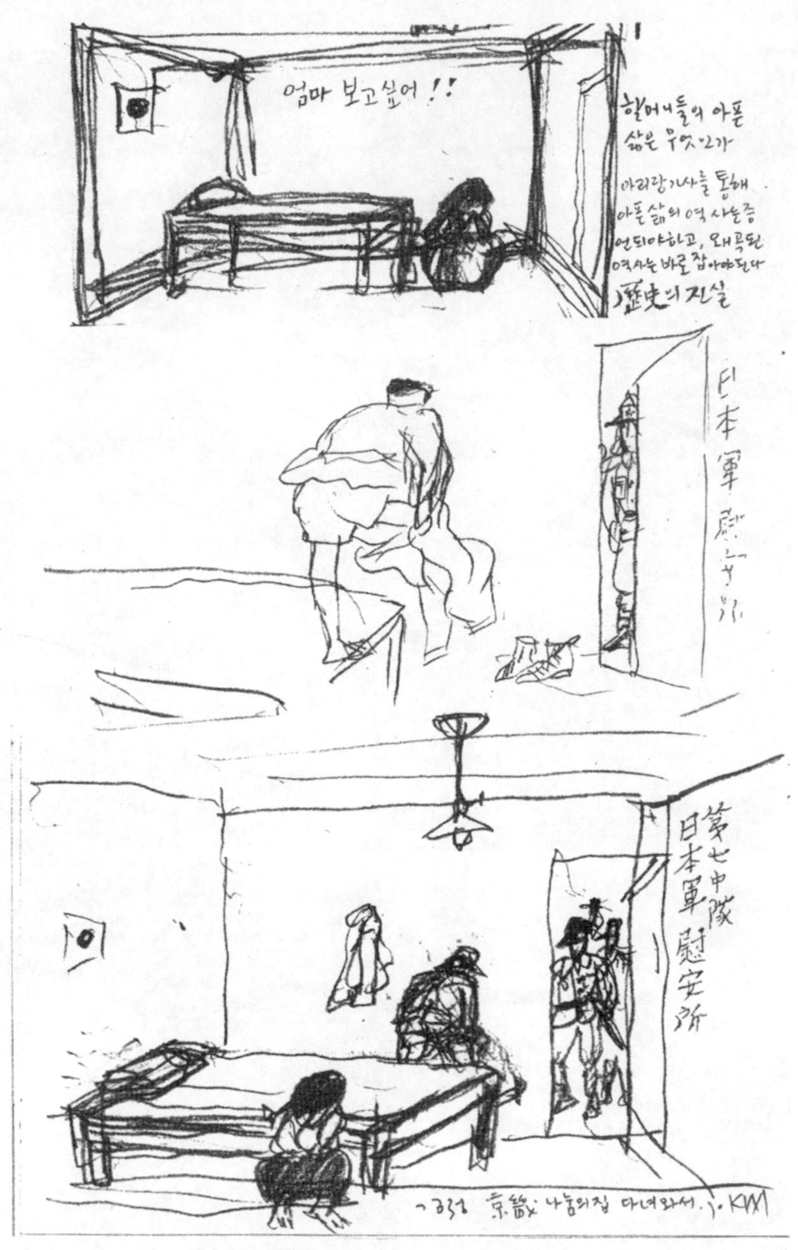

진도아리랑과는 직접 관련 없다. 필자가 경기 '나눔의 집' 정신대 할머니집에 봉사다닐 때, 회화 작품으로 남기고 싶어 밑그림 연습으로 만들었던 스케치. 지금껏 회화 작업은 아직 못하고 있다.

1991년 開心寺 여행 갔을 때 좌부터 최경한 오경환 필자 오수환 이민희씨등. 가운데는 인사동 전시장에서 우연히 모인 조은아 홍재연 이종각 필자 김재호 유광희 씨 등 동문작가들. 아래는 정신대 할머니들의 책 '봉선화에 부치는 글' 출판기념회 때. 할머니들과 함께 좌부터 이용수 할머니 外 여러분.

11 - 아리랑 이야기 II Arirang II

우리는 매우 기쁠 때나 슬플 때면 어머니의 따사로운 정을 찾는다. 그 감정이 국가 단위일 때면 내 조국이나 모국이다. 조국으로 상징되는 민요가 바로 아리랑이다.

그런데 아리랑을 배우고 익히는 시스템은 허술하다. 전통교육이랄까 전통 문화승계 구조는 역대 정권이 허구로만 떠들어 왔다. 해방 50년 동안 대통령도 많이 거쳤지만 전통문화에 관심 가져 본 자가 없다. 아리랑 소리꾼은 각 고장 축제 때 경연대회 형식으로 선발하거나 전통문화 전수관에서 양성되지만 관심과 예산이 부족해 활발치 못한 편이다. 또 아리랑을 잘 아는 교사가 부족해 학교 교육에서도 서양음악에 밀리고 있다. 매우 중요하면서도 중요한 부분이 소홀히 되는 묘한 '이중구조'를 가진 한국인 특유의 정서[1] 때문이기도 하다. 그렇다고 내버려두면 아리랑은 끊어 질 위기에 있다. 내가 아리랑에 애정이 있는 또 다른 이유는, 아리랑은 보호 육성 되야 하고 국민 문화적으로 발전시켜야 된다고 생각하기 때문이다.

그래서 관련단체에 오래 봉사했다. 근래 다시 현대적 관점에서 재조명하자는 취지로 교수 20여 명이 모여 범세계적 아리랑 모임을 창립키로 한 '세계아리랑 연합회'가 2003년 1월 22일 창립, 기념학술대회를 갖고 새로이 출범했다. '세계아리랑 연합회'는 공신력을 바탕으로 3인 공동대표제로 하고, 앞으로의 설계와 연구는 학술 · 예술을 통해 발전 시켜 갈 예정이다.

1) 한국인 표현 행위 기질과 예술적 심성에 관한 연구〈Ⅱ〉兩面的 정서 감각의 源流탐구를 중심으로. 김정 造形敎育 11 집. 한국조형교육학회. 1995 가장 중요하면서도 가장 소홀하게 취급하는 양면적 정서구조다. 먹는 일이 중요한데 '그까짓 먹는 걸 갖고 뭘…' '대충 떼운다' 등이다. 가스집에서 '안전수칙은 무시되는' '내가 정치하면 절대 부정 없앤다'고 했던 정치인도 부패정권의 대명사가 됐다. 지하철사고 건물붕괴 등 한국에서 유난히 많은 이유도 양면성과 관련깊다. 한편 언어에서도 울퉁불퉁 이리저리 등 이중구조를 선호하고, 맹물도 '물맛 좋다' '입에 딱 붙는다' 등 한국인만이 쓰는 표현특징 정서다. 외국인은 이해 못한다. 한국인만이 특이한 이중적 구조를 갖는다.

2) 사단법인체로 등록할 것임. 명예 이사장에 이승헌 박사 / 공동대표에 김정 김선풍 이제호씨. 이사에 박민일.강원대 / 김종원.청주대 / 장정룡.강릉대 / 김기현.경북대 / 김정.숭의여대 / 김선풍.중앙대 / 권오성.한양대 / 장수창.아산정보대 / 김경남.중앙대 / 이수경.동국대 / 이창식.세명대 / 한상일.동국대 / 김산태.기업인 / 변동호.기업인 / 신승재.기업인 / 우병일.변호사 / 현영선.기업인 / 최경식.기업인 / 김세곤.기업인 / 이제호.기업인 / 등과 해외지부를 미국 일본 독일 프랑스 스웨텐 몽골 캐나다 지회를 갖추거나 준비중에 있음. 독일지부장 : 남정호. 프랑크푸르트. 창립기념 2003 학술대회 : 주제 - 아리랑과 한국인의 삶. 세종문화회관 컨퍼런스홀(18:00-20:00) / 발표자 : 박민일 교수 김선풍 교수 김정 교수 권오성 교수 / 정선아리랑 초대 병창 : 유영란 외

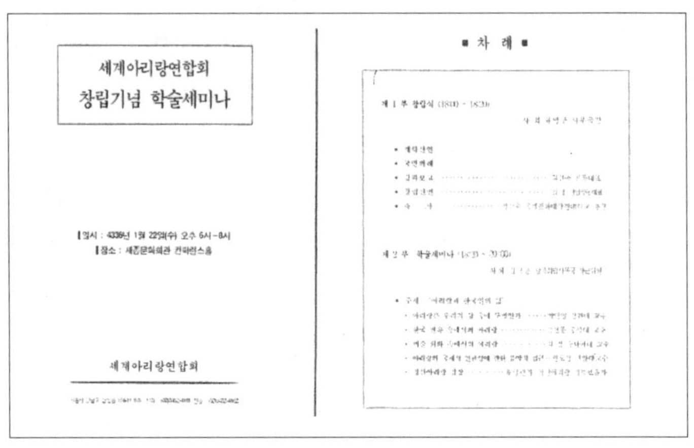

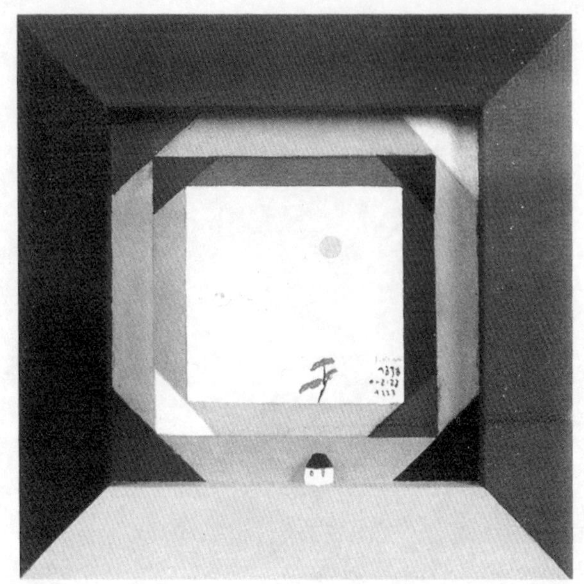

아리랑 21×21Cm 입체 2000

12 - 아리랑 이야기 Ⅲ Arirang Ⅲ

아리랑은 한국인의 비유에서 최저와 최고의 양극을 왔다갔다 한다. 필자가 조사해 온 한국인의 이중적 구조와 맞는 논리다. 아리랑은 '아리랑 치기범'처럼 가장 천한 일에 비유하기도 하고 한국을 대표하는 '으뜸'의 상징이기도 한다. 이는 한국인의 독특한 兩面性을 나타내는 문화이기도 하다. 시장 뒷골목이나 엉터리로 지은 아리랑 대폿집에서부터 아리랑하우스처럼 고급레스토랑까지 층층이 사용한다. 그러한 정서는 이미 아리랑 고개를 통해 너도나도 친숙한 이름이 되어 버렸다.

동네 고개 언덕마다 아리랑고개가 있다. 성북구 돈암동의 '아리랑고개'만 아리랑고개가 아니다. 불광동에도 포천에도 강원도에도 있고, 전국 곳곳에 아리랑고개가 있다. 우리가 밟은 고개는 모두 아리랑고개다. 유럽의 고개 언덕은 개별적 이름이 있다. 한국은 앞에 있는 건 앞산이요, 뒤에 있는 건 뒷산이다. 누구의 산도 아닌 우리 모두의 산이요 언덕이다. 이 언덕이야말로 4천만이 울고 웃으면서 넘는 아리랑고개인 것이다.

아리랑고개는 우리뿐이다. 유럽에도 미국에도 없다. 그러기에 아리랑은 말로 형용할 수 없이 가슴으로 그냥 전달되 버리는 감동이 있지 않는가. 민요 이전에 핏줄이요 정신이며 아름다움이다.

누구든 어려운 고비가 있게 마련이다. 1970년 겨울, 셋방살이를 하면서도 큰아들을 안고 웃음 짓는 필자를 아내가 거울을 통해 찍었다.

'정선아리랑' 외길 30년

예술의전당서 김정展

'아리랑 작가'로 불리는 중견화가 김정(숭의여대 교수)씨가 12월 4일까지 서울 서초동 예술의전당 미술관(02-556-4135)에서 작품전을 열고 있다. 단청 등에 쓰이는 전통 오방색의 화려한 화면 속에 추상과 구상을 넘나들며 아리랑으로 대표되는 우리 민족의 정서를 그렸으며, 특히 강원도 정선 아리랑만 30년이 넘도록 그려오고 있다. 7년만에 여는 이번 작품전에서 김씨는 정선아리랑을 비롯해 진도아리랑, 밀양아리랑 등의 흥겨운 가락을 화폭에 옮긴 율동감 넘치는 작품 100여점을 발표한다.

◇김정씨의 '정선아리랑'

1980년대 본격적인 아리랑 테마 회화표현 작업이 발표되면서 각 언론마다 '아리랑 화가' '아리랑 작가'로 불러준다. 그래서 우리집 이름도 「아리랑 하우스」로 붙여졌다. 아래는 2000년 예술의 전당에 필자의 전시.

13 · 앙가쥬망과 나

나는 서양화 그룹인 '앙가쥬망'에서 30년 이상을 같이 활동했다. 그러다 보니까 한 식구처럼 스스럼이 없다. 앙가쥬망 동인(同人)들과는 스케치 여행과 장욱진 선생을 떠올리게 된다. 아마도 전국의 절은 다 가봤을 정도다. 특히 일반인들이 잘 안 찾는 산사일수록 흥미가 있다. 새가 쉬어 갔다는 봉정사(鳳停寺), 소정방이 들렀다는 내소사(來蘇寺), 깨닫고 마음을 열었다는 개심사(開心寺)가 그렇다.

나는 1968년 앙가쥬망 제6회전(신세계화랑)부터 민병목 박근자 선생의 추천으로 출품동인이 됐다. 이 해에 김정 조명형 윤건철(작고)이 같이 입회했고, 한 해 전인 5회전 때는 민병목 박한진 오천룡 이양노 장욱진 최관도 씨 등이 입회했다. 또 한 해 뒤인 7회전에는 남경숙 임충섭씨 등이 들어와 5, 6, 7회전이 열린 1~2년 사이에 젊은 30대 작가들이 대거 영입됐다.

앙가쥬망은 1961년 9월 김태 박근자 안재후 최경한 필주광 황용엽씨 등 6인의 창립전이 출발이었다. 지금 앙가쥬망은 41년이 넘은 장수(長壽) 그룹이 됐고, 한국 현대미술의 한 단면을 엿보는 가치를 지니게 됐다.

40여 년 세월에 많은 작가가 거쳐간 흔적도 크다. 이미 고인이 되신 회원은 장욱진 선생님을 비롯하여 필주광 윤건철 이남규 김영교 양명주 박광호 동인도 있었고, 참여했다가 쉬거나 그만 둔 동인으로는 김서봉 김태 문학진 윤형근 쥬디라아슨 이용환 이양노 전상수 남경숙 안재후 민병목 황용엽 최관도 김정 조명형 임충섭 이주영 고승중 한범구 차명희 오천룡 김웅 손승덕 배정숙 이주강 최진욱 박강원 홍정희 씨 등이 있었다.[1]

내가 총무를 맡아 살림했던 1975년 10월의 연회비는 5천원. 연락 사무실은 따로 없고 광화문 앙가쥬망화실(필주광 안재후 공동운영)에 모여 광화문 선일집과 청진동 경주집에서 국밥과 소주로 빈 속을 채웠다. 그전에는 계동 상하(尚何)화실에서 모였고 대학로 중국집 진아춘으로모인 것은 1980년 후반부터였다. 그러나 연말연시나 좀 특별한 날은 혜화동 장 선생 댁에서 모였다.

앙가쥬망 30주년 기념전에는 팜플렛도 크게 제작했고 30년사[2]를 정리해 싣기도 했다.

동인 중에는 좀 특이한 면면이 있었다. 건망증은 필주광씨, 테너가수 뺨치는 실력과 매너는 전상수씨, 사교춤은 이용환씨, 조용한 말재주꾼은 이남규씨, 콧수염 30 년 지킴이로는 장욱진 김정 이만익씨, 바둑 장기 당구는 최관도씨, 40년 창립 동인은 유일하게 최경한씨다.

오랜 유대 속에서 2세 가족도 한 몫을 했다. 태호 형(당시 아이들이 지칭)을 따르는 상백 유나 민겸 민선 해은 학래 준영 근영 혜근 효근 등도 여행에 따라 다녔고, 카메라 사진은 이학영씨가 도맡다시피 했다.

앙가쥬망은 나에게 지금도 변함없는 마음속 동인으로 남아 있다. 그래서 더욱 소중하게 생각한다. 나의 젊은 3,40대를 불태운 터전이었기 때문이다. 동시대의 한 사람 한 사람이 모두 그립고 고마울 뿐이다.

1) 젊은 작가들의 이름을 자세히 몰라서 한두 명 오차가 있을 수 있음. 다른 전시 그룹에 비하면 앙가쥬망은 출입이 적은 편이다. 그것은 가족 같은 분위기가 흐르는 이유도 있지만, 같은 대학 동문들이 주류를 이루는 유대감도 있으리라 본다.

2) 30주년기념작품전시회는(1991. 10. 18 · 23 문예진흥원 미술회관) 1,2층 전관을 모두 빌
   렸다. 당시 팜플렛의 30年史 정리는 필자가 한 달 걸려 원고지 45매를 썼는데 총무가 인쇄
   교정과정을 잘 몰라 초교에서 바로 인쇄 들어갔고, 결국 오자 탈자가 29군데가 나옴. 예를
   들어 장욱진→ 장구진, 최관도→ 최관진, 최경한→ 최영환 등등. 필자는 속이 상했었다.

앙가쥬망 겨울 여행 때 기차에서 그린 것. 장욱진 선생 모습(김정 그림), 김정 모습(이만익 · 최경한 선생 그림). 아래
는 어느 시골 버스에서의 좌로부터 이용환 최경한 선생 그리고 필자.

1969년 가을 앙가쥬망 제7회전 준비 카다로그 문제로 상하화실에서 회의를 하고 있다. 좌부터 김정 민병목 최경한 최
관도 이만익 선생. 1970년대 앙가쥬망전 오픈 때의 좌부터 김정 심죽자 박근자 정창섭 김서봉 선생이 보인다.

20년전 앙가쥬망 여행 때 태호兄(모자 쓴 키 큰 사람)의 인기는 2세들에게 높았다.
아래는 1986년 전라도 쪽 여행 때 배위에서 즐거워하는 아이들. 좌로부터 형래(부 이학영) 상백(부 김정) 민겸(부 이만익) 준영(부 최관도). 지금은 상백 준영 모두 아빠가 된 어른임.

1970년 중반 전시오픈 때 고 필주광 同人의 부인을 초대해 즉석에서 기념사진을 찍었다. 뒷줄 좌부터 장욱진 선생 인재후 최자영 김정 최경한 박광호 박한진 이학영 양명주 이계안 씨. 아래 좌부터 이만익 권문경 필주광씨 부인. 이순경님, 한 사람 건너 최관도 씨. 아래 2003년 봄 인사동 식당에서 좌부터 박한진 이만익 최경한 김정 최관도 선생. 이젠 60 · 70대가 되신 30, 40 年 세월의 同人들.

　나는 앙가쥬망에 관한 자료를 기회가 된다면 조그마한 단행본으로 엮고 싶다. 앙가쥬망 그룹이라는 어느 특정 단체의 이야기로만 접어두는 건 '한국 현대미술의 그룹전 역사와 시대상 연구'라는 테마가 묻혀버리는 것이다. 오래된 그룹의 이 모든 자료는 우리 나라 미술연구 발전에 필요하다. 내가 보관하는 앙가쥬망 자료는 주로 회의록 일화, 여행 갔던 일 등 그룹 활동 작가 연구에 도움이 될 수 있다.

1975년 전시예정 작품제목(본인 자필기록)과 회비사항 기록.

여수에서 부산으로 가는 밤배를 탄 앙가쥬망 일행. 좌부터 이만익 박학배 이학영 이계안 최경한(누워 있음) 장욱진 선생(필자 그림 1976). 아래 좌는 고속버스 속의 최관도 선생. 우는 부산식당에서의 이만익 선생(필자 스케치북에서 1975)

14 · 한독미술회

Vereinigung Koreanischer und Deutscher Bildender Kuenstler

한국과 독일의 외교적 역사는 약 백년이 된다. 1898년 독일 발행의 여행책 한국편을 보니 삿갓 쓰고 입에 문 장죽과 지게 위에 항아리를 멘 노인 사진이 있었다. 또 홍제동 무악재 고개에는 낙타와 아랍 상인 대상(隊商)들이 쉬는 화보가 더욱 신기로웠다. 서역인들의 왕래가 있었던 것으로 보아서 예나 지금이나 세계는 끊임없이 교류하며 살아간다.

독일의 미술이 한국 사람들에게는 매우 생소하다. 프랑스 밀레 세잔느는 알아도 독일의 뒤러 놀데 에른스트는 모른다. 한국 근대미술 유입과정이 일본의 입맛을 통해 들어왔기 때문이다.

1981년 주한 괴테문화원의 요하임 뷜러 원장의 초대로 '김정 독일 소묘전(Impressionen von Deutschland)'이 문화원 갤러리에서 열렸다. 뮌헨 함브르그 등의 모습을 그린 크로키가 대부분이었다. 의외로 많은 성원과 호응이 높아 전시 끝나고 다시 사간동 석화랑(대표 박평애) 초대로 '앵콜 김정 도이치 드로잉展'으로 연장 전시 됐었다. 그후 사석에서 사람들은 반농담조로 '독일에도 미술이 있는 거요' '왜 프랑스로 안가고 독일이냐'고 묻는다. 그러니까 많은 사람들이 독일로 미술공부 한 것을 의아해 한다.

조선일보에 내가 쓴 '독일 국제미술 카젤 다큐멘타를 보고 와서'의 르뽀글은 일반 대중들에게 독일도 프랑스만큼 미술활동이 대단하다는 인식을 준 셈이다. 그동안 한국작가가 독일과 관련된 문화교류는 거의 전무한

상태였다. 1980년대 후반이 되면서 독일 유학을 끝내고 귀국한 작가가 하나둘 증가하면서 이심전심 모이게 됐고, 1989년 제1회 한독미술회 창립전(효천화랑 1990.10.22~10.30)이 '겸뒤展'이란 타이틀로 열렸다. 겸제 정선과 독일 뒤러의 앞자를 따 한·독을 상징했다. 내가 겸뒤전 이름이 좋다고 만들었다.[1] 총무에 송매희 회장에 김정. 제2회전은 한독작가 공동전시로(조선일보 미술관 1991.9.18~9.23) 대작위주였다. 명칭은 '서울·베를린展91'.[2] 제3회전은 한독 드로잉展(예일화랑 1999.6.25~7.10)이 열렸고, 제4회전은 한독작가가 대거 참여한 '2001 韓獨造形展'(서울시립미술관 2001.2.7~2.14. 후원 한독협회·녹십자)으로 주한 독일대사의 축사도 있었다.

2001년 전시를 끝으로 나는 11년간 한독미술회 회장을 마치고 고문이 됐다. 새 회장에는 젊고 유능한 김순협씨가 추대되었고 한독미술회 명칭도 한독조형작가회로 고쳤다. 제5회전은 '색·farbe'(비주얼갤러리 고도 5.4~5.30)의 테마전이었다.

1) 謙齊정선의 謙자와 뒤러 Albrecht Durer의 첫자를 따 합성했다. 정선과 뒤러는 각각 그 나라의 대표적 화가다. 제1회 겸뒤전 출품자는 김정 노용 도지호 송매희 오규형 하상림씨등. 창립인사말은 김정 쓰다. '양국의 문화적 발전을 위해 독일에서 생활했던 시절의 추억을 갖고 서로 격려…생략 한국 외국어대 이광효 교수가 격려사 간단히 써주다. 효천화랑(이윤주)의 초대전이다.
2) 제2회전 출품작가는 권녕숙 김정 노용 도지호 송매희 오규형 이월수. 독일작가는 Giso Westing, Peter Maitens, Lienhard von Monkiewitsh. 조선일보 미술관.
제3회전은 김정 김순협 강민 노용 데보라킴 도지호 송매희 유병영. 독일측에서 미셸 자우어 등 9명이 참여 총 17명이 전시 참가했다. 예일화랑.
제4회전은 대형작품전시로 강민 김순협 김정 김섭 김미인 노용 데보라킴 도지호 서정국 유병엽 이경아 이소미 정주하 등과 독일의 베가세 우베하겐 크륄 등 27명의 작가가 참여 총41명이 전시. 서울시립 미술관.
제5회전부터 새회장에 김순협 총무에 강민씨. 명칭도 한독미술회 KOR-DEU Kunst Asso

ziation 에서 한국조형작가회 (Vereinigung Koreanischer und Deutscher Bildender Kuenstler.) 출품작가는 강민 고광호 김섭 김순협 김정 노용 데보라킴 박경희 이경아 윤양호 송지훈 이상봉 정인환 주숙경 유병영 등과 독일측에선 프랑크 비덴바흐 우도지어스크 등 22명 총 37명 참가. 고도 갤러리.

나는 11년간 한독미술회 창립과 살림을 맡아왔다는 일로 한독협회 허영섭 이사장으로부터 총회 때 감사패를 받았다.(2002. 5. 12)

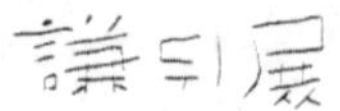

창립전 때의 겸뒤전 팜플렛

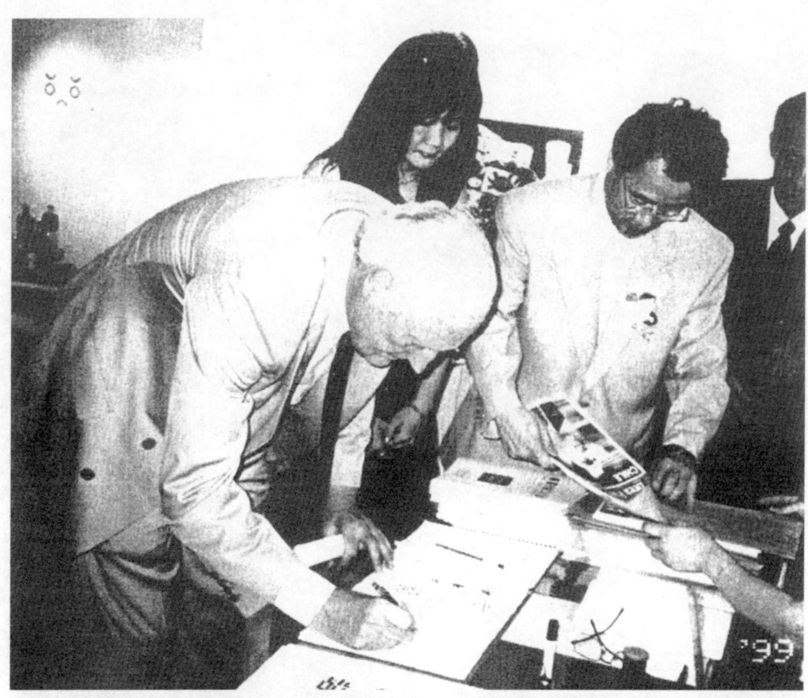

1999 한독작가 드로잉전 때, 크라우즈 독일대사 강민 필자 황적인 교수. 아래 전시 프랑카드 앞에서 좌부터 강민 송매희 필자 김순협 씨.

2001년 한독미술전 때 독일부대사, 독일작가 우도 교수, 필자가 축배하고 있다. 한독협회 총회에서 아래 좌부터 송매희 강민 필자 김순협. 뒷줄 한 사람 건너 이경아 고관호 황연주 씨등 한독미술회원이 모였다.

한 · 독 양국의 미술교류를 시작한 韓 · 獨미술회는 1990년부터 교류전을 가졌다. 아래는 1981년 주한독일문화원에서 필자의 독일 소묘전 전시 때 모습.

韓·獨 作家 드로잉展
KOR-DEU AUSSTELLUNG FÜR KUNSTZEICHNUNGEN

예일화랑. 1999. 6. 30 ▸ 7. 8 / Yale Art Gallery. 30. 6. ▸ 8. 7. 1999

한독미술회
KOR-DEU KUNST ASSOZIATION

135-080 서울 강남구 역삼동 672-3　TEL (02)556-4135
672-3 Yeoksam-dong, Kangnam-ku, Seoul 135-080 Korea
TEL (02)556-4135 / FAX (02)556-4135

한 · 독 미술문화 교류역사는 짧지만 꾸준한 관심과 정성을 들이고 있다.

15 - 한독협회
Koreanisch-Deutsche Gesellschaft e.v.

내가 한독협회 이사로 천거되어 활동했던 시기는 1993. 5. 1~2000. 4. 30까지였다. 김우중 회장이 출범하면서부터였다. 독문학회 등 분야별 평이사 할당에 따라 나는 한독미술회장으로 영입 고려된 듯하다.

회장단 및 총이사회의 첫 번째 총회(1994년 5월 5일(목) 6시 30분 힐튼호텔 볼룸)는 지메스 주한 독일대사 내외를 비롯, 한국 독일 이사 전원이 모였다. 김우중 회장은 앞으로의 활동계획에 관해 설명했다. 주로 재정적인 면과 문화적 부분에 관심 갖는다는 내용이다.

1994년 독일 연수 프로그램에 나는 송매희 씨를 추천했다. 2,3개월 체재비 왕복항공권 제공 등인데 아깝게 탈락됐다. 또 한독미술회 주최로 대형전시 계획안을 만들어 1천7백만 원을 1994년 11월 30일자로 신청했지만, 다른 학회 보조비 지원에 밀려 양보됐었다.

1996년 이사회(12월 15일(일) 힐튼호텔) 때 지메스 대사는 장시간 고속철도의 입찰탈락에 대해 매우 유감스럽다는 내용으로 일관했다. 한국정부의 프랑스 떼제배 선정에 이해가 안 되는 부분까지 설명하다. 가령 독일은 기술이전까지 포함해 한국철도를 한 단계 격상시킬 계획이었다는 것이다. 내가 생각해도 지메스 대사의 목 메인 하소연은 이해가 되는 얘기였다. 참석했던 이사들도 모두 안타깝다는 뜻을 표했고, 자멘스 대사의 얘기에 동감했다.

독일연수는 송매희 등 27명 접수됐으나 3명 선발되었고 모두 대학교수였고 1인당 5천 마르크 지원됐다. 그외 협회지 발행, 독일음악 협주단 내한 준비 등 안건과 보고가 있었다.

1997년 6월 1일(일) 경기 시흥 수암동 선재농장에서 총회 겸 야유회를 가졌다.(1997.5.20~1998.6.23) 현재 재정잔고는 72,696,004 원이다. 1999년 6월 30일 한독미술회 드로잉전(예일화랑 1999.6.30~7.8) 때 클라우드 플러스 대사가 문정관과 같이 전시장 찾아왔다. 한독협회가 보낸 화분 접수하다. 한독협회 관계자 모두에게 감사했다.

1999년 9월 21일 대우그룹의 내부조사 때문에 협회재정 업무가 총 스톱되다. 5,6 개의 예정된 행사가 취소되거나 억지춘향인데, 너무 힘들어 고육지책으로 이성낙 총무이사의 사신으로 사장 50만원이상, 이사 5만원이상 각출해 긴급 펑크 때우게 됐었다. 나도 십만 원을 보냈다.

2000년 총회(2월 27일 힐튼호텔) 신임회장 선출에 허영섭 녹십자회장이 추대됐다. 이 지구상 분단국가가 유일하게 한국이란 점을 고려, 한국과 독일, 독일과 한국의 국제미술 대형전시를 구상했다. 그리고 한·독, 독·한의 관계는 문화를 통한 다리(Brucke)가 많이 놓을수록 서로 가깝다. 우리와 비슷한 인정많은 독일은 나는 새천년 한독미술회가 여는 '분단의 아픔 극복을 위한 경험과 미래전' 행사계획을 작성해 예산 1 억5 천만 원을 신청했으나 사정상 어렵다는 이유로 사전조정에서 취소됐다. 그럼으로써 2000년 4월 30일로 이사직은 모두 끝난 것이다.

2001 년 한독조형전(시립미술관 2001.2.7~2.14)에 한독협회에서 5 백만 원 지원해 주다. 전시장에 페터 비난트 부대사가 와서 축사를 해줬다.

1) 회장 김우중 부회장 김신권 한독약품사장/장익용 서광회장/김재관 인천대/최정호 연세대/

울리히베슬러 한독상공회의소 상임이사 이성낙 아주대/하이디강 외대/차인호 고려대/임정택 연세대/오토 독일문화원장/허영섭 녹십자회장/F 슈프너 한독상공회의소/ 권영훈 한양대 이사 강신호 동아제약회장/고병익 전서울대/김정 한독미술/김종영 한독경상/박영관 세종병원장/서병철 한독사회과학/이경재 한독문화/이석희 대우재단/이민용 전주독대사/이문호 한독의학/이창복 독문학회/한광호 한국베링거/황적인 한독법률/황종익 대우의료재단/홍세표 한미은행

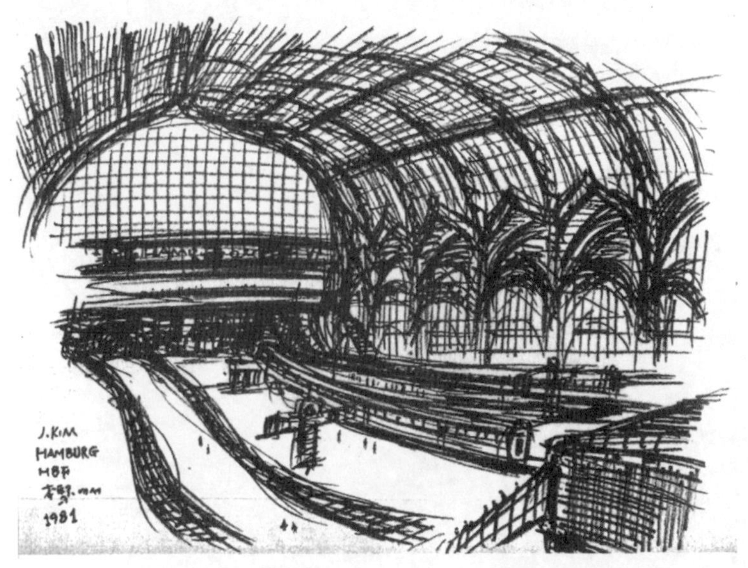

J. KIM
münchen
1987
BRAUNSCHWEIG
18. AUG. 1987
J. KIM

prima
Magazin der Koreanisch-Deutschen Gesellschaft e.V.
www.kdgprima.org
제 58호 2003. 봄호 발행

추억의 독일 여행

Erinnerungen an Deutschlandreisen

김 정
화가 · 숭의여대 교수

Kim Jung, Maler,
Professor der Soong Eui Frauenuniversität

▲ 80년대 독일 가는 유럽에서도 시간 잘 지키기로 유명하다. 요즘은 여기인도 많이 비뀌었지만. 도이치 반(DB) 의 여객과 '늘'는 지금도 그립기만 하다.

▶ 괴팅엔은 교통이 모으는 조용한 대학 도시로 매력이 있다. 이 그림은 추워서 손이 시려고 얼고가 얼어 그려대가 먹었다. 81년전 12월 이곳은 유난히 추웠나보다.

◀ 라인에 서면 미술사 전공의 K교수 젊어서 너무 신세지고 매가 나는 사람이내음도 내려오기 전 문학 독가에 독일다이 새봄의 가을 느 감각겠습다. 머저 독민에 대한마 모습이 보인다.

이번부터 화가 김정교수의 독일스케치 여행을 싣습니다. 과거에 독자들이 독일에서 유학하는 동안 느꼈던 향수와 정이 떠오를 것입니다. 필자는 3년간 독일에서 수학 및 연구하셨습니다. 아울러 한·독 미술학회회장을 역임했고 1982년 독일소묘전(독일문화원 초대)때는 큰 반응을 얻어 뱅글전까지 개최한 바 있습니다. 더욱더 내용 있는 협회가 될 수 있도록 기꺼이 허락하여주신 김정교수님께 이 자리를 빌어 감사의 말씀을 드립니다.　—편집자 주—

Wir danken Herrn Professor Kim Jung herzlich dafür, dass er seine Bilder für unser Magazin gern zur Verfügung gestellt hat.

한독협회 계간지 '프리마'(Prima)에 독일 스케치. 양국 文化 이해증진을 위한 편집실의 요청에 기쁘게 연재했음.

16 · 조형학회와 미술교육

한국조형교육학회가 1984년 창립된 것은 우리 나라 미술교육의 큰 획을 긋는 순간이었다. 2003년 현재까지 20년간을 학회지인 '造形敎育'은 한번도 거르지 않고 간행되어 왔다.

초창기 창립 당시는 초라할 정도로 어려웠다. 내가 1982년 독일에서 돌아온 직후 이화여대 교육대학원 '미술교육론'강의를 해오던 때다. 대학원 강의는 로웬휄드나 켈록의 저서로 학생들에게 차례로 한 부분씩 번역 발표하는 소위 '원서강독' 연구수업 형태였다. 한두 해 실시해 보니 외국 애기만 하며 재미가 없었다. 대학원생들은 초중고 교사들이 많았고 석사 논문 준비는 현장조사를 테마로 하는 연구가 대부분이다. 그래서 나는 한국적인 연구가 필요하다는 판단하에 '현장조사'와 원서강독을 병행하는 스터디 형태로 강의방식을 바꿨고, 그런 연구 형태로 논문을 쓰게 지도했다. 그 결과 대학원 안팎의 호응이 커져, 졸업 후에도 정기적인 스터디 모임으로 확대되어 갔다.

이화여대 뿐만 아니라 타대학원 출신 젊은 강사급 회원들도 이 모임에 가세했고, 아예 학회로 출범하자는 의견이 모아져 1983년 강남의 음식점에서 정식학회로 출발하게 된 것이다. 실무를 맡아 일했던 초대 총무는 이수경(現동국대교수)과 재무는 홍경자(캐나다 이민. 이대대학원 졸)씨였고 초대 회장은 필자가 추대되었다.

정관을 만들고 학회지 제1호를 낸 것이 1985년 5월 1일자였다. 학회지 1 호는 출판사(창지사) 인쇄시설을 이용했다. 학회운영은 회비를 징수했으나 납부실적이 안 좋아 회장이 대부분 꾸려나갔다. 회원이 결혼할 연령대가 많아 훌쩍 시집가 버리면 행방불명이 되는 수도 많았다. 믿던 회원이 어느 날 잠적하는 건 너무나도 황당한 일이었고, 절망의 시간도 많았다.

학회지 1호가 나온 후 제 2호를 낼 즈음엔 각계원로 교수들의 격려전화, 글 등이 답지해 왔다. 특히 부산의 염태진 교수는 감격해 '감사의 글'을 보내왔고 최덕휴 교수는 집담회 무료 초빙강사로 출연했고 이대원 교수는 전화를 걸어 '여보 김교수, 이런 일은 정말 누군가 해야 되는 거고, 특히 대학 선생들이 관심 가져야 될 꺼요.' 하시며 우표값 금일봉을 송금해주시기도 했다.

그 후 20년 동안 결본 없이 간행된 건 하늘이 도와줬고 광고를 지원해 준 크라운베이커리 윤영주 염용환 씨, 빙그레 신종훈 사장, 삼성생명 고경환 씨, 예경, 교육과학사, 학연사 등과 초창기 회원들의 숨은 공을 빼놓을 수가 없다. 허허벌판에 기초공사를 도와준 분들이며 한국의 미술교육역사를 새로 쓰는 계기를 만들어 준 분들이다.

나 역시 기록을 보고 알았지만, 개인적으로 20년 동안 크진 않지만 꾸준히 성금을 낸 것으로 나타났다.* 학회살림을 맡아 메꾸다 보니 그렇게 됐다. 일부러 밝힌 것은 아니고 인수인계 결산하다 보니 드러난 것이다. 학회가 이만큼 성장한 걸 보면 만감이 교차한다. 막상 의욕 갖고 일을 해보면 솔직히 더 쓰고 싶은 애정이 생긴다.

이젠 후배 교수들을 위해 실무에서 완전히 물러섰다. 건강도 그렇지만 잔글씨를 오래보기가 힘들다. 학회의 김상준 이수경 이주연 교수도 수고해왔고, 특히 이수경 교수는 창립 당시부터 계속 일하고 있다.

한국에선 학회운영하기 힘들다. '나는 실기교수니까 실기만 잘하면 된다'고 생각하는 예체능계열 교수가 있다. 물론 생각에 따라 긍정적으로 볼 수도 있겠지만 시대가 바뀌고 있다. 논문 한 편 써본 일 없는 교수가 남의 논문을 심사판정한다는 건 모순이며 동시에 문제가 제기된다.

그와는 대조적으로 열심히 작품연구하고 논문도 쓰는 미술교수들도 있다. 이들의 환경은 그만큼 힘들다. 힘든 만큼 그들이 한국의 미술교수 전

학회 뉴스레터 '조형교육'을 나혼자 기사쓰고 교정보며, 저녁 늦게 조교 붙들고 타이프라이터를 치게 했다. 틀린 글자를 일일히 가위로 붙이는 등 잔일이 많아 집에 가져와 했다. 그러기를 15년간 소식지를 냈다. 요즘엔 오자 탈자를 자판에서 즉시 고치는데……. 조형교육 제호도 내가 쓴 것이다.

성신여대 학술대회
발표 때(2000)

체 수준을 한 단계 높이는데 기여하고 있다. 학문발전은 전공관련 학회를 통한 연구가 바로 제 길이다.

* 한국조형교육학회 1985 · 2002.12.1 현재 기준 수입지출결산보고서 발표. (2003.1.25 성신여대 총회 09:00. 415강의실) 결산보고서에 따르면 필자가 20년간 학회에 내놓은 기금은 2,422 만원이다. 그 내용은,

① 학회지 제작지원에 1,234 만원(1 집 50, 2 집 150, 3 집 100, 4 집 100, 5 집 150, 6 집 150, 7 집 150, 8 집 150, 9 집 104, 12 집 130 만원)

② 성금 5,880,000(1995 년 60, 1997 년 30, 공동 100, 1998 년 164, 1999 년 84, 2000 년 70, 2001 년 40, 2002 년 40 만원)

③ 적금 6,000,000(적금 500, 이자 100 만원)으로 총합계 24,220,000 원임

1992 · 1994년 사이에 필자는 재정문제로 존폐의 갈등을 느꼈다. 너무나도 힘든 고비였다. 1996년부터 평생회비제도 시행이후 회생의 길이 엿보였음. 그래도 기금이나 성금이 없으면 지탱하기 어려운 고비를 몇 번 넘겼다. 지금 생각하면 솔직히 끔찍했다.

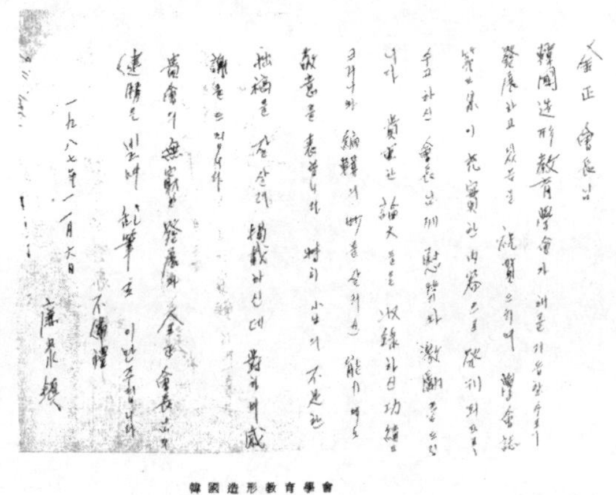

부산의 □ 염태진 교수(편지 육필)와 □ 최덕휴 교수님은 생전 때 학회에 많은 관심을 가져주셨다.

99년 학술대회에서 좌부터 이광미 교수, 이인실 원장, 김외식 교사, 이주연 교수, 유종회교사가 토론하고 있다. 성신여대. 5. 8~9.

숭의여대 소강당에서 학술대회 준비중 잠시 멈췄다. 좌부터 강석 이수경 이주연 김정 김용권 이황은 김상준 교수 등 (1997).
아래: 초창기 제7회 집담회(1988. 12. 7 외교구락부) 초청강사 전상범 교수의 진지한 표정이 퍽 인상적이셨다.

17 · 팝송과 음악

내가 음악을 좋아하게 된 동기는 중학교 시절 강당에서 '하모니카' 연주단의 공연을 보고 감동을 받은 뒤부터다. 벽돌 만한 하모니카와 라이터 크기를 번갈아 불면서 '켄터키 옛집' '클레멘타인' 등 라이브 공연을 처음 봤다. 그후 나도 고물 하모니카를 구했고, 고등학교 땐 미술반 교실에서 혼자 불기도 했다.

1959년 대학신입생 땐 팝 컨트리를 좋아했다.[1] 2학년부터는 클래식 다방을 출입하며 고전음악에 빠져들었다. 특히 종로 2가 YMCA 옆 골목 디쉐네는 대형 클래식 뮤직홀이다. 여기에 노상 출근하다시피 해 학교를 빠지는 일이 생겼고 용돈이 딸려 시계, 학생증을 잡혀 돈을 빌리기도 했다. 그 당시 내 별명은 '지고이네르바이젠'이다. 사라사데 작곡인 이 곡만 나오면 나는 벌떡 일어나 지휘를 끝까지 해냈다. 감상객들 박수가 터졌다. 어떤 친구는 드보르작의 '신세계교향곡' 지휘를 했고 모차르트, 베토벤 전문 등 제 잘난 멋에 사는 대학생 얼치기 뮤지션 지휘가 다양했다.

그 시절 군입대로 인해 고전음악은 싹 끊겼다. 군가 팝송 가요 외엔 감상 기회도 없으려니와 클래식의 '클'자만 나와도 건방지다고 얻어터지기 바빴다. 그 당시 좋아하던 팝가수로는 엘비스 프레슬리, 페티 페이지, 낫킹콜, 헤리페라본드, 펫분 등이었고 국내가수론 박재란, 박일남, 오기택과 한명숙의 '노란셔츠의…'는 폭발적 인기였다. 마침 한명숙이 전방

위문차 우리 부대에 왔던 날 벙어리도 입을 뗄 정도로 부대는 노래로 박살이 났었다.

이 무렵 나는 군대 생활과 대학 복학문제로 고민이 생겼다. 당시 학병과 일반병[2] 구분이 있었는데, 나는 일반병으로 잘못되어 3년 복무가 됐고, 하루가 10년 같은 세월이었다. 그럴 적마다 노래가 위안이었고 몸부림이었다. 당시 엘비스 프레슬리의 'Love me tender' 리토 브라더스의 'Unchained melody' 비지스의 'Don't forget to remember' 페티 페이지의 'Tennesse Waltz'… 등은 매일 밥먹듯 듣고 살았다. 고3 때 닐세다카의 '오케롤'과 컨튜리송은 일찌감치 나를 사로잡았었고, 지금도 컨튜리송은 깊은 향수를 느낀다.

요즘도 가끔 낡은 기타로 짐리브스의 'He will have to go'를 튕겨 보지만 역시 멋있는 노래다. 40년 동안 내게 사랑 받는 노래다. 그런데 이상한 것은 40대 초반부터 국악이 귀에 들어오는 것이다. 판소리나 정선아리랑이 가슴에 와 닿는 건 나도 모를 일이다. 아리랑에 한 걸음 두 걸음 빠져들다보니 이제는 아리랑 없인 못살 것 같이 됐다. 아리랑 외에 배호 조용필 나훈아 심수봉 이연실 노래도 좋다. 그 이전 장세정 이난영 고복수 남인수 백난아 고운봉 남백송의 노래도 좋다. 나의 정서는 아마 트로트풍으로 흐른다. 내 힘들었던 세월을 트로트와 컨튜리, 팝송으로 의지하며 견디어 낸 눈물의 역정일 것이다.

우리도 세계에 내놓을 좋은 노래가 있다. 국가적 문화국력이 약해서 세계로 뻗칠 수 있는 기회가 없는 게 안타깝다. 혹자는 한국 딴따라 노래가 무슨 세계냐고 하겠지만, 우리 핏속엔 예술적 감성이 흐르고 있다. 나의 논문에서 여러 번 검증이 됐듯이 정치가 개똥같아서 늘 국민들이 피해를 보는 셈이다. 이미 국제적으로 이름을 떨친 김시스터즈 조용필 그룹코리

아나 김연자 보아 등도 대단한 인기를 증명하고 있다.

유심초의 '사랑이여'(Eine lieben)를 내 나름의 독일어로 번역해 부른다. 정확한 변역은 자신 없다. 그래도 독일인들이 듣고 좋단다. 조용필의 '돌아와요 부산항'(Kommt zurueck nach Pu-san Hafen)도 번역해 부른다. 새 맛이다. 근래 아시아에서 한국음악에 대한 韓流는 우연이 아니다. 우리에겐 분명 예술혼이 숨어 살아있다. 다 좋은 건 아니지만 더러는 괜찮은 게 있다. 좋은 노래는 역시 좋은 것이다.

대중의 가요가 멋지고 품위가 있어야 생활문화가 한 단계 오른다. 인기 위주의 저질은 경계해야 한다.요즘 아이들 낙서만도 못한 가사의 트로트가 범람하는 것은 반성해야 한다.

---

1) 1950년 한국전쟁의 폐허 속에서 미8군의 컨트리, 포크, 재즈가 AFKN을 통해 전파되었고, 이금희 한명숙 위키리 유주용 최희준 현미 등 8군 쇼무대 출신 가수들이 젊은층에 환영받게 됐다. 1960 년대 오면서 포크 컨트리가 본격화되어 김시스터즈 김보이즈 같은 보컬그룹이 등장해 미8군으로부터 벌어들인 외화만도 2백만불 이상(당시 국내무역 수출총액 10 억불)의 거액이었다. 김영준, 1994. pp.522 - 524.

가요문화산업이 한국경제의 한 부분을 지탱해 주었다는 것은, 우리의 예술적 기질을 보는 듯하다. 나는 대학 신입생이 들어오면 유심초 사랑이여를 아는 학생은 맘껏 불러보라고 한다. 여러 학생이 감상토록 한다. 좋은 노래는 많이 불러서 사람들 가슴을 열어주고 싶어서….

2) 1960년도 학병은 군번이 00…으로 시작되어 이른바 빵빵군번이라고 했다. 18개월 최전방 복무후 제대함. 나는 33개월 복무를 했다.

너무 고생이 심하고 억울해 학교에 확인결과 입대시 학교에 신고 안했기 때문이었음. 아무리 애를 써봐도 이미 군번을 받은 상태이므로 전환이 안됨. 학생이 입대하면 자동적으로 학병이 되는 줄 알았던 나의 무심한 착각이었음.

3) 사랑이여 / 유심초 노래 / 최용식 작사작곡 / 김정 번역 및 노래 Eine lieben singen von Y ooshimscho / ubersetzer und Singen : Prof. Kim

Eine lieben   사랑이여

Eine schone liebe wie stern   별처럼 아름다운 사랑이여

Eine glucklich liebe wie traum   꿈처럼 행복했던 사랑이여

Wie stehengebliebener wind   머물고 간 바-람처럼

Ohne versprechenes mein fergegangenes liebchen   기약없이 멀어져간 내 사랑아

Bluhe zu eine einzigen blume   한송이 꽃으로 피어나라

Und zu nicht verbluhendlen liebesblume   지지 않는 사랑의 꽃으로

Zuruckkomme noch einmal zu meiner brust   다시 한번 내-가슴에 돌아오라

Eine liebes mein liebchen   사랑이여 내 사랑아-

Ach-eine liebe gebranntes feuerwerk   아- 사랑은 타버린 불꽃

Ach-eine liebe, nur ein windstrief   아아- 사랑은 한줄기 바람인 것을

Ach ach will ganz vergessen   아아- 까맣게 잊으려 해도

Aber wie vergesse ich dich nicht   왜 나는 너를 잊지 못하-나

O mein liebchen, O mein liebchen   오- 내 사랑 오 - 내 사랑

Ewiglich-unvergessen unvergessen   영원토록- 못잊어 못-잊-어

4) 돌아와요 부산항 / 조용필 노래 / 황선우 작사 작곡 / 김정 번역

Kommt Zurueck nach Pu - San Hafen / Singen von Tcho yongpil/ ubersetzer prof.Kim

Der Fruhling ist da, bluhende Dong - Bek Insel

꽃피는 동백섬에 봄이 왔 - 건 - 만

Der mowen weine, Weil der bruder nicht mehr da ist.

형제 떠난 부산항에 갈매기만 슬피우네

Alle fahrschiff nach O - Ruck - Do

오륙도 돌아가는 연락선마다

Ich rufen dich laut, aber Kommt Keine antwort von Dir

목메어 불러봐도 대답없는 내 형제여

Liber mein Bruder. Kommt wieder Zurueck nach Pu - San - Hafen.

돌아와요 부산항에 그리운 내 형제여

나는 괴로울 때 더 만진다. 가야금과 기타의 차이는 韓紙와 백상지의 맛이다. 기타는 안되는 노래가 없는데, 유일하게 '정선아라리' 오리지널은 잘 안 된다. 정선 노래만큼은 우리 악기로 풀어야 되는 비밀이 있는 것에 놀랐다.

나의 취미는 혼자서 옛날식으로 아마츄어 연주(play)를 즐긴다. 요즘의 반주(accompany)와는 주법이 다르고, 손가락 두 개가 말을 안 듣는 상태이므로 흘러간 노래 6,70곡 정도만 한다. 내놓고 얘기할 만한 수준은 안된다. 내 자신이 더 이상의 능력을 원치 않는다.

J. KIM
Arizona,
26. DEC 1991
U.S.A

STOCKHOLM,
J. KIM
빨간색 기차, Sweden

사찰 입구의 사천왕까지의 악기를 켜는 걸 보면, 음악을 사랑하는 우리 민족의 흔적은 어디서나 나타난다.

18 - 기(氣)체조와 건강

나는 8,9년 전부터 허리디스크로 고생하고 있다. 삐딱하게 서있거나 목한쪽을 구부리고 작업을 해왔던 내 자세가 원인이다. 1993년경에 무리한작업환경 때문이다. 병명은 척추협착증. 오래 서있거나 걸으면, 허리와다리에 고통을 느낀다. 전문병원에선 '수술해라'와 그냥 '운동요법'뿐이라는 의견이 50대 50이다. 그래서 나는 운동요법을 하고 있다.

새벽 4-5시면 손끝마디 운동부터 시작해서 눈감고 명상하기, 오기조화신공(수목금토화:신,간,폐,위,심장)과 눈 코 입 귀 아문(목뒤) 발가락 발목 다리小周天호흡을 모두 누워서 한다. 허리에 부담을 덜 주려는 와공법이다.와공이 끝나면 일어나서 도인체조 고관절운동 등 몇 개만 선택해 끝낸다.전체 소요시간은 1시간 정도로 힘이 안들어 나한테는 적절한 운동이다.

마음으론 약 15분 정도 같은데 한시간이 금방 지나간다. 氣체조는 우선마음이 평온해야 된다. 평온은 대자연의 따름이다.

첫째 손끝마디를 주무르며 止感에 들어간다. 세상의 모든 감정을 끊는다. 인간의 고민은 욕심과 관련됨으로 욕심을 줄이면 고민도 준다는 걸 알면서도 그게 안 된다. 그런데 氣체조를 하면서 인간육체와 우주는 하나라는 걸 느낀다. 마치 고단하면 잠 오고 목마르면 물먹는 듯 자연순리다. 자연의 순리는 아름다운 마음을 갖게 한다. 내가 기체조를 하는 이유도 행복한 마음으로 하는 것이다. 눈뜨는 새벽부터 행복하다. 내가 먼저 행복해야 내 주변과 이웃이 기쁘게 된다는 걸 깨닫는다. 일지[1] 선생의 자연관에 많은 부분을 공감한다.

나이를 먹으면서 이웃은 모른 체하고 내 집 내 건강만 챙기는 얌체가 안 되도록 노력하며 애쓴다. 그런데 그것이 정말 힘들다. 대문 앞 화분을 훔쳐 가는 사람, 주인 따라 산책하던 개가 우리 현관에 똥을 누고 가는데도 모른 척하는 개주인, 종량규격 봉투에도 안 넣고 남의 집 앞에 쓰레기를 슬쩍 버리는 고급주택 주인들… 하는 수 없이 나는 눈감고 다 처리한다. 솔직히 고백해서 구도(求道)하는 자세가 아니면 참고 견딜 수가 없다. 그것들을 치우는데 분노가 목구멍까지 솟구친다. 그래도 실행한다. 나 자신도 주변의 많은 사람들 신세를 지고 살잖았던가. 최소한 나 스스로 정신적이라도 행복한 할아버지처럼 살고 싶다. 학교 갈 때는 되도록 지하철 탄다. 걷는 운동과 더불어 학교 언덕길을 간다. 이때 골목길에서 만난 학생의 인사를 나는 크게 웃어주며 맞는다. 아마 이상한 늙은이라고 생각할 정도로 나는 행복한 표정일 것이다.(평소 내 이마의 내천 川자 인상파 주름은 화난 표정으로 제발 보지 말아달라. 내 뜻과 다르다. '내가 나를 말한다' 항목 참고)

나는 허리 아픈 환자지만, 아침에 행복을 갖고 하루를 여는 마음에 감사할 뿐이다.

---

1) 일지 이승헌 박사는 한국의 홍익인간 정신을 현대문명의 위기극복을 위한 대안 제시로 국제적 관심을 불러일으킨 장본인. 저서로 '한국인에게 고함' '숨쉬는 평화학' 등 있음. 민족문화의 뿌리와 아리랑에 깊은 관심을 표명한 정신문화연구가임. 현재 국제기구인 새천년평화재단 총재로 있음.
필자는 건강을 위해 우연히 단월드 수련장에 나가면서부터 일지 선생을 알게 됐다. 그의 저서를 통해 생활철학 자연관 등에 깊은 감동을 받게 되었다.

설악산에서
1986

J.KIM
忠淸南道 公州郡
公洪에서, 비오다
1989. 11. 5.

19 - 덮어둔 문학 수첩

나는 아주 어려서부터 말보다는 글쓰거나 그리는 게 더 재미있었다. 초등학교 2,3학년 때인가 교지에 실린 내 동시를 읽고 또 읽어서 닳아 버린 적이 있다.

여기에 쓴 것들은 그냥 나의 낙서 같은 습작일 뿐, 결코 내보이고 싶은 생각은 없다. 단지 이 책이 자전적 출판이니까 나에 관한 것을 보여주는 의미뿐이다. 어떤 문학적인 입장에서 보면 안 된다. 중,고등학교 것은 양도 많아 이사 다닐 때 버렸다. 그냥 느낀 순간을 그때 그때 적어 본 것들이다. 그게 詩作인지는 몰라도 편수는 꽤 된다. 특히 최전방 병영생활 때는 글이 쏟아졌는데 적다보니 죄다 시였다. 그때 숱하게 쓰고 버리곤 했다. 당시 주제넘게 내가 쓴 단편소설 '김인호의 계급장' (1964 년작)과 단편동화 '영애의 뉘우침' (1964 년작) 등 2 편이 있지만 공개하지 못한 채 빛바랜 노트에 고이 보관돼 있다.

나의 1960년대부터 묻혀진 수첩에서 시 몇 편을 꺼내 본다. 쑥스럽지만 용기를 냈다. 읽는 분들의 양해를 바란다.

장욱진 전시장에서

Ucchin chang의 싸인이 선명하다
그분은 10년 전 가셨지만
오늘 10주기 전시장에서
다시 만나니 기분 좋구나

장 선생과 함께 한 앙가쥬망 여행길
완도 가는 길 버스에서의 해프닝
충무의 목숨건 밤배와 해장술
부산 동래 온천에 발가벗고 들어간 욕탕
유난히 삐죽한 엄지발가락 발톱은
말라 비튼 곶감처럼 딱딱하지만
안동 봉정사를 팔자걸음으로
앞장섰던 당신

기흥 작은 방에
구부린 무르팍이 가슴을 뚫고
허리와 맞닿던 작업실
얼굴, 새, 나무
오늘 다시 살아나고 있다
방금이라도 저쪽 문에서
'어흠! 그거 관찮아' 하고
들어 올 듯 하다
당신은 지금 여기에서
다시 아이들과 얘기하고 있습니다

　　　2001. 1. 4 현대화랑에서

* 장선생님은 괜찮다를 '관찮다'로 발음하심.

붓꽃

5월이 오면
역삼 마당엔
하늘을 찌르는
붓꽃이 있다
뾰족한
붓 끝은
밤새 입던 옷을
홀딱 벗고
울트라 마린
잉크빛 물로
적신다
그리고
계속
하늘을 향해
찌른다

　　　1996. 5 마당에서

철쭉

아직도 내 목덜미는
작년 추위 끝이 매달려 있는데
앞마당 철쭉은 봉우리를 짓고
한밤 자고 나니
후알짝 폭발하듯 피었네
인디언 핑크의 철쭉은
온 동네 천지를 뒤흔드는 듯
가지가 휘어져 있구나
감나무 크기의
거목 철쭉

이 거목이…
꽃 피기 위해 힘겹게
땅 속의 물 퍼 올리는 소리가 들린다
달그닥 달그닥 쭈욱
쑤숭 쑤숭
달그닥 달그닥 쭈욱
쑤숭

1993. 3

창밖의 추억

幸福한 건 바로
이 계절 이 시간
목멱산 캠퍼스엔 가을이 물들고
강당 앞 낙엽은 흩날리는데
그중 노란 은행잎 하나가
멀리 날아 간다

추억의 세월 속에 묻어둔 南山의 하늘
가슴 아픈 사연도
과욕의 몸부림도
고통의 시간도 많았지만
그것은 흘러 간 추억일뿐

오늘도 창 밖의 바람은
불고 있지만
흘러 간 팝송이
나를 묶는다
묶어 버린다

1994.10
학교연구실에서

<table>
<tr><td>

교향곡

오케스트라는
아니지만
캄캄한 밤

물 흐르는 바이올린
벌레들의 피리
부슬부슬 내리는
가을비의
첼로
이따금
산악을 지나는 바람의
피아노

춤추는 갈대 숲
멀리
희미한 중대본부의 불빛
사방으로
둘러싸인 전방고지
나는
그 속에 있네
최전방
오케스트라가 있네
1962. 9.15

</td><td>

보초

둥근 달
삼경일꺼라
6 · 25를 떠올린
이 시간
골짜기 냇물이
졸졸 흐르고
어머니
얼굴이 떠오른다

'장 한
내 아들아
잘 지켜다오'
그 음성 들리는 듯
어머니! 불러 보지만
사라진다
고요는 계속되고
나는
그 자리에 계속 있고
강원도
달빛은
서 있는 나를
비추고 있다
1962. 9.15

</td></tr>
</table>

山有花

깊은 골짜기
고요 속에
오직
화약 냄새 있고
바위 틈
작은 꽃
얼굴 가까스로 보이네
너는
누구 위해 피었느뇨
仙을
孝를
어머니를 위해선가
아니요
나는
조국 산을 위해
민족의 얼굴로
피었노라
　　　1963

消息

기차는
북으로 달린다
누런 벼가 익는다
부대 앞
내 삶터엔
높은 사람 낮은 사람
큰 사람 작은 사람
모두
여전하다
都하사 내게 묻는다
후방소식 으뜨노
복순이
시집가고
만철 장가든다카이
고향은
소식이다
소식이라카이

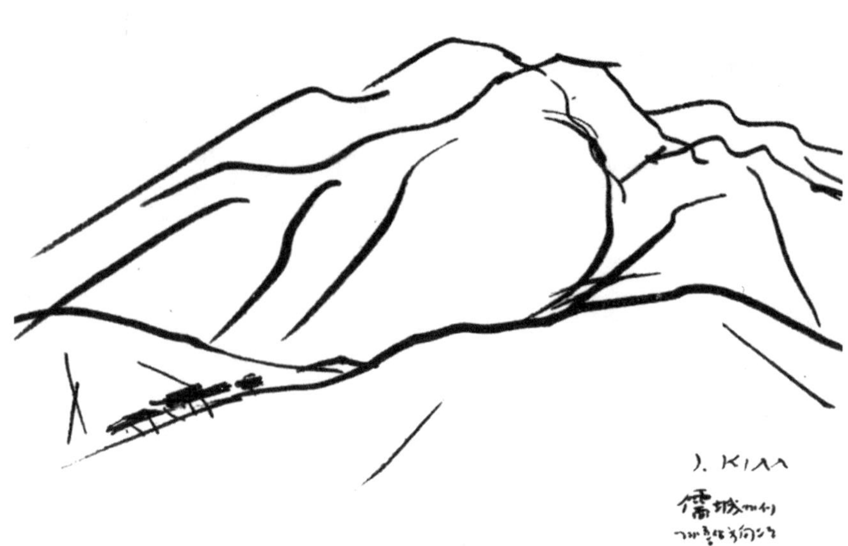

학교 앞 南씨 에서
점심먹으며 보다). KIM

나의 그림을 보고 문학적 맛이 흐른다는 평을 하는 분들이 있다. 문예지 및 월간지 詩集 등 필자가 그린 표지들. 표지 외에도 연극, 국악 공연 등 포스터까지 모두 합치면 백여 건 된다.

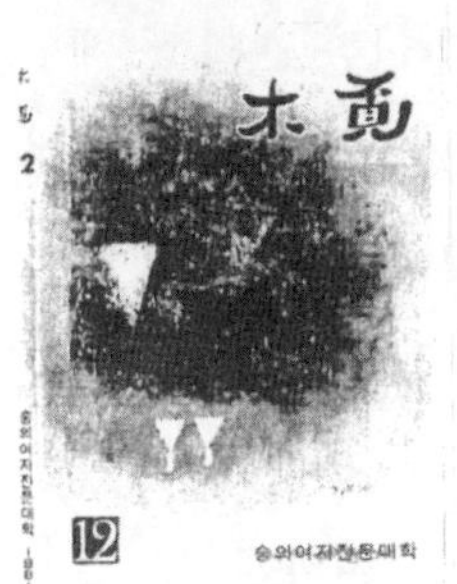

20 · 衣食酒 이야기

사람에겐 정말로 의상예술의 아름다움이 있다. 간단한 팬티 한 개도 엄청난 가치다. 목욕탕에 가보면 모든 사람이 벌거벗고 휴게실 가는 사람, 머리 손질하는 사람 등 노팬티 모습이다. 결론부터 말하자면, 그 꼴이 보기가 흉하다는 것이다. 어린아이들은 벗고 놀아도 귀여운데 다 큰 성인들은 왜 그리 보기 싫고 흉칙할까. 그때 팬티라도 입은 사람이 자나가면 그렇게 아름다울 수가 없다. '야 팬티 하나가 저토록 변화를 줄 수 있을까….'

나는 옷 입는 버릇이 있다. 우선 바지는 헐렁하고 넓어야 앉고 서는데 땡기는 데 없어 좋다. 겨울엔 골덴바지, 여름엔 모시를 입고 겨울엔 남방셔츠에 브이넥 쉐타를 걸쳐 입으면 그만이다. 넥타이를 10년에 한번 멜까 말까다. 가끔 교회 바자에서 헌옷을 사거나[1] 세일기간에 적당히 사 입고 별로 신경 쓸 일이 없다.

먹는 얘기는 해물탕과 된장찌개를 좋아한다. 특히 매운탕 중에도 '대구 머리탕' '동태찌개'다. 된장찌개는 강원도, 충정도, 전라도 모두 깊은 맛이 있다. 육류는 별로 안 먹지만, 돼지고기와 생선종류가 고작이다. 채식을 즐겨서 나물종류는 다 좋다. 그러던 중 40대 중반부터 풍치에 걸려 99% 틀니 신세를 지다보니 두부 상추 묵 정도가 편하고 콩나물 무침은 씹기가 힘들다. 치통 경험자는 다 느끼지만, 이가 아프면 먹는 재미는 그날부터 파괴다. 아마 치아만 괜찮았으면 요리책을 써도 몇 권은 썼을 것이다. '요리는 과학이고 느낌이고 손맛이다' 라고 부르짖던 내가 지금은 열무김치를 전기 방앗간 기구로 갈아 먹고, 라면 콩국수 등 쉽게 먹는 음식만 붙들고 있다. 감자탕, 순대국 한 그릇을 맛보러 지하철 타고 찾아갔던 나였는데….

내가 있는 대학에서는 식도락 본부장이란 닉네임도 가졌었다. 값 저렴하고 맛 괜찮은 집을 개발해 여러 교수들과 더불어 찾아가곤 했던 시절의 주인공이 바로 나였다. 라면에 대한 요리는[2] 요즘도 흥미 있다.

그 다음 술얘기는 언제 들어도 재미있고 즐겁다. 우리 모친은 평생 부친의 주정을 받으시며 고생하다 돌아가셨다. 나의 막걸리 역사는 초등학교 때부터다. 술심부름으로 주전자에 막걸리를 사오다 살짝 한 모금씩 키워왔다. 6·25전쟁 땐 술재강까지 먹었으니 막걸리는 일찌감치 통달했다.

요즘도 스케치여행가면 그 곳의 막걸리를 먹는다. 그래서 막걸리 맛을 좀 아는 편이다. 전국 8도의 막걸리는 조금씩 맛이 틀린다. 요즘엔 고장마다 막걸리가 생기를 잃고 쇠퇴하고 있다. 강원도 강릉 못 미처 성산 막걸리는 물이 좋아서인지 맛이 좋다. 신선하게 농익은 묘한 맛이다. 충청도의 막걸리도 좋고 전남 승주군 선암사 입구의 막걸리도 아주 괜찮다. 경기 포천 막걸리도 콕 쏘는 맛이 묘하다. 동네에서는 옛맛 나는 막걸리를 발견하기 쉽지 않다. 그래서 요즘은 백세주와 산사춘을 조금씩 먹는다. 여름엔 맥주지만, 내 건강이 안 좋아서 조금 마신다. 마음대로 못 먹으니까 아주 재미없는 세월이다. 박고석 선생과 등산 후 귀갓길에 마시는 술맛과, 전상수 선생의 초밥에 정종대포(히레)는 일미다. 속초 가자미나 북어에 소주는 이반 교수, 삼각지 대구찜에 시원한 맥주 한 컵은 장현기 교수, 복날에 보신고기와 소주는 이봉열, 박재호 교수다. 침묵 속에 양주를 좋아하시

던 유경채 선생의 고요함도 일품이시다. 역삼동 카페의 기타 소리 분위기
엔 박철씨. 술과 바둑, 바둑과 술은 최경한 선생을 빼면 안된다. 포도주는
늘 붉은 게 좋다는 오경환 교수는 와인사랑, 그래도 와인은 렛델과 연도라
는 한병화 사장, 술사랑하면 장욱진 선생을 비롯해 김서봉 최관도 이만익
김인환 이두식 전준 심정수 김경인 조명형 교수를 빼놓을 수는 없다. 모두
들 이 시대를 아름답게 살면서 무미건조를 거부하는 예술가들이다.
　그러므로 술은 인간의 삶을 재미있게 하는 것이리라.

1) 교회 바자회에서 한 벌에 천 원 하는 것 서너 벌 사서 지금까지 10년 정도 입는다. 그래도 멀
　쩡한데 색깔이 바랜다. 더 구체적으로 보면 수도교회 故문 장로님 옷이 내겐 딱 맞는다. 그
　분도 헐렁한 걸 선호하셨나 보다.
2) 라면 넣기 전 물을 두 군데서 끓이고 하나는 라면 슬쩍 삶아 낸 기름끼 물을 버린다. 또 하나
　의 끓는 물에는 마른 맛살과 마른 오징어를 전기방앗간 기구로 가루를 만든 후 넣는다. 3분
　후 기름 뺀 라면을 넣고 양념을 털어 넣고 부산 어묵을 나중에 넣어 끓이면 시원하고 구수한
　맛이 있다. 이외에도 내가 개발한 음식이 몇 개 더 있다.

BRAUNSCHWEIG
HBF
J. KIM

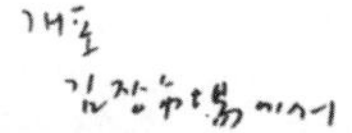

개울
김장市場에서

J. KIM
13. AUG 1990
Venezia, Italia
J. KIM
1952. 5. 17

극단 自由가 국제연극에 참가하는 '예술 포스터'를 필자에 의뢰 작업한 포스터 햄릿(1993). 아래는 현대극장이 어린이날 공연한 '피터팬' 표지(1978). 제작극회의 탱자꽃 표지도 필자가 그림.

1978년 필자 전시 때. 좌로부터 정희경 이화여고 교장과 동화작가 신지식 선생(필자는 그의 창작집에 표지를 몇 번 그린 적 있음)
아래 윤석중 선생의 막사이상 수상 행사장에서. 좌부터 유경환 필자 어효선 윤선생 최자영 김인자 교수 등.

21 - 나의 스승

내가 지금까지 살아오면서 주변의 많은 분으로부터 가르침을 받았다. 누구나 같겠지만 중고교 시절은 그저 철없이 지냈다. 고3부터 고생하며 스승의 은덕을 새기기 시작했다. 나는 네 분의 잊을 수 없는 그림 스승을 모셨다. 내 팔자 속인지는 몰라도 유난히 가시밭길을 걸어 온 탓에 스승의 힘이 컸던 것이다.

첫 번째와 두번째 스승은 이철이(李哲伊) 박고석(朴古石) 님이다. 두분 다 서양화가이시다. 이철이 님은 고등학교 미술반에서 나를 용광로에 쇳물 녹이듯 훈련시키느라 침식을 같이 하실 정도이셨다. 이 선생은 강원 횡성 분으로 일본 태평양 미술학교 출신이다. 목소리가 크고 한손에는 늘 몽둥이나 막대기가 있다.(보통 체육선생이나 몽둥이 또는 막대기를 들고 다니는데, 이상하게도 미술선생이 갖고 다니는 건 좀 드문 일임) 또 박고석 님은 나의 대학시절 수많은 갈등으로 우왕좌왕할 때 훌륭한 지도로 화가의 길을 가도록 붙잡아 준 분이다. 박 선생은 평양미술학교와 일본 태평양 미술학교를 다니셨으며 결단력이 뛰어난 분이셨다.

세 번째 스승은 최덕휴(崔德休) 님이다. 경희대에서 만났지만, 그분은 원로화가 이전에 미술과 인간교육의 완벽한 훈육지도자였다. 광복군 출신다운 면모에서 애국애족의 사랑과 미술을 만나게 해주셨다. 미래 한국의 청소년 미술교육에 남다른 애정을 갖고 6·25전쟁 후 최초로 중고생 미술대회를 개최한 분이다. 내 논문 지도교수 시절 '내가 졸업논문을 끝까지 읽고 검토해 본 건 자네게 처음일세' 하신다. 그것은 경희대 미술과 창설 후 내가 석사과정 제 1회 졸업생이니까 신경 꽤나 쓰신 모양이다.[1] 그림작품 이전에 인간교육을 강조, 교육현장에서 잘못된 정책일 경우엔 문교부까지 직접 가서 개선건의를 하시는 뜨거운 분이다.

네 번째 스승은 가장 늦게 만난 독일의 원로화가 잔트너(H.Sandtner) 님이다. 그도 불같은 열과 얼음 같은 냉정이 겸비된 분이다. 본인 스스로에겐 잔인할 만큼 인색하고 검소하다. 그러나 작업할 때나 남을 도울 때는 팍팍 쓰시는 기질이다. 엄청난 작업량은 나를 감동시킨다. 쉴 때는 자연 속에 앉아 사색하신다. 가방 속에 우표를 넣고 다니다가 통근 기차 속에서 몇 자 편지 써 역전 우체통에 넣는다. 시간 약속은 칼날이고 제자 사랑은 정성이시다. 내 방에 갑자기 들러 '담배 끊으라' 며 건강도 챙겨 준다. 잔트너 님은 뮌헨 미술대 출신으로 아우스브르그대 교수로 정년퇴임 후 민델하임 시립미술관장이다. 84세의 고령이다. 나는 그의 양아들 겸 조수 겸 제자로서 신뢰와 정확성을 배웠다.

이제 나도 환갑진갑이 넘었다. 나의 스승님 세 분은 이미 저 세상으로 가셨고, 잔트너 님만 생존해 계신다. 그러다보니 세월이 흘러 나도 제자를 길러낸 입장된 지도 오래 된다. 내가 젊었을 때 은혜 받았던 네 분 스승의 큰 덕을 거울삼아 나 역시 제자들에게 그대로 물려줬는가를 반성해 본다. 세상은 이래서 돌고 도는 인생이다.

---

1) 국제미술교육협의회(INSEA) 한국이사장직을 30여년 하시다가 작고하시기 수년전 필자에게 후계자로 지명, 필자가 이사장직을 인수받아 있다가 얼마 후 사단법인 등록 말소 행정 정리해 드렸음. 이때 많은 말씀을 하시며 직인과 이사 도장을 같이 주셨음. 눈 수술 후 노환과 독특한 성격으로 고독하셨는지 필자를 만나시면 가끔 눈물을 보이셨음. 사제지간의 각별한 정을 간직하였음.

최덕휴 교수님이 3.1문화상 수상하실 때 좌부터 유우연·안장강 교장 최선생 내외분 임명진 필자 장완 씨 등.
아래 1987년 민델하임 시립박물관의 필자 전시 때 멀리 오신 마이어 교수가 차에서 내린다. 왼쪽은 역전까지 마중 나
온 잔트너 교수.

잔트너 교수가 최근 스케치와 책을 보내주셨다. 아마도 마지막 선물인 듯…(맨 위). 아래는 나에게 미술을 지도해주신 스승 네 분. 좌부터 이철이 박고석 최덕휴 힐다 잔트너 교수님. 84세 고령인 잔트너 선생만 생존하시고 세 분 모두 돌아가셨음.(박고석 선생 사진은 당시 40대 시절임)

스승의 은덕으로 독일전시하던 날, 초청관람자들이 미술관 앞에 모이고 있다. 가운데: 미술관 정원에서 마이어 시장이 축사를 하고 있다. 아래 : 필자 전시에 때맞춰 관장의 '서울스케치전'(경복궁 민속촌 등과 나의 얼굴도 있음)을 여시어 제자 사랑을 보여주셨음.

22 - 독일 체류 시절

한국과 독일은 유사한 부분이 많다. 사람들의 심성이 깊다고 할까. 경박하지 않고 말 어휘도 몇 가지 비슷한 게 있다. 가령 함경도 사투리의 억양처럼 '안 들어가다'를 함경도는 '들어 안가'다. 이때 '안'에 액센트가 있다. 독일사람들이 말을 빨리 할 때는 함경도 말투와 흡사하게 느낀다. 특히 내가 자주 묶는 민델하임은 온천지가 민들레다.[1] 그래서 동네 이름도 한국식의 민들인가 하는 생각이 든다. 한국에서 온(?) 민들레는 외래 품인 듯 이름도 여럿이라서 자꾸 의심이 갔었다.

내가 독일과 인연이 닿은 건 황성모 서봉연 교수님 내외분의 숨은 공이다. 서 교수님과 서수연 씨의 정성으로 아우스브르그대학의 잔트너 교수를 만나게 되면서부터다. 그 뒤 기숙사는 못 들어갔고 학교 앞 셋방생활이 시작됐다. 잔트너 교수는 미술재료까지 챙겨 주는 부모 같았다. 이 기간이 Schill str 입구에 있는 Leckhausen str 6번가 2층 생활이었다. 1년 뒤 다시 Stadtbergen 으로 옮겨 살았다. 나는 학교공부와 학위는 포기했고, 지도교수 개인공방에서 작가수업으로 하기로 했다.[2] 유럽식 작업공방에서 판화 드로잉 I II III 택스틸 등을 전통스타일과 현대기법으로 했다. 특히 판화는 중세와 현대가 공존하는 맛을 실감했다. 이렇게 한가족처럼 생활하다보니까 나는 그의 양아들이며 제자요 개인비서 겸 조수가 되다시피 했다. 스타트베르켄의 개인화실 꽃마당엔 이름 모를 꽃이 주렁주렁 피었고, 때때로 학교 연구실로 같이 출퇴근했다. 잔트너 교수의 생활은 칼 같은 시간 준수다. 약속은 5 분전 도착한다. 같이 전차나 기차를 탔을 때도 가방에서 뭔가 부시럭거리며 뭔가 기록하고 정리한다. 시간의 효율성을 쓸모 있게 배분하신다. 그분 밑에서 몇 년 같이 지내면서 '정확한 시간 지킴' 이 하나도 불편치 않다는 게 묘하게도 흥미로웠다.

　객지 생활하다 보면 많은 사람을 만나게 된다. 심성이 고운 사람도 있고 그렇지 못한 사람도 있다. 속마음은 착한데 겉보기가 거칠어도 끝내는 속마음을 알게 된다. 반대로 속은 나쁜 생각으로 꽉 찼으면서도 겉으론 좋은 척해도 다 들여다보이게 된다. 그래서 인간은 심성수련을 끊임없이 해야 되는 것이리라. 이른바 내공을 얼마나 쌓았는가를 보게 된다. 짧은 세월이지만 나에게 고마웠던 사람을 이루다 열거할 수는 없으나 몇몇 분을 적는다.[3] 투르크하임의 트리틀러씨 내외, 프랑크푸르트의 남정호씨 내외, 쮜리히의 이학표씨 내외, 담즈타트의 마이어 교수 내외, 민델하임 시장인 마이어씨, 미술평론가 홀즈바우어 교수, 가브릴레 내외, 게오르그 진숙씨 내외 등엔 가슴 깊이 새겨 감사를 드린다. 특히 나하고 동갑내기 트리틀러는 한국을 일부러 관광 왔을 정도로 착하다. 나 또한 독일 가면 그 친구집에서 며칠이고 묶고 쉰다. 내 아들 상백과 그의 아들 게논 트리틀러도 친해 친교 2세대다. 그래도 독일 기간 중 얻은 것은 사람들과 공동생활방식이다. 내 행동 때문에 혹시 이웃들의 불편은 없는가. 우리나라에 와 있는 외국관광객, 외국인 노동자들에게도 마음속으로부터 따뜻하게 해주고 싶고 주차 쓰레기 시간약속 공중질서를 항상 생각하게 된다. 남자가 너무 쫀쫀한 것 아니냐고 보겠지만, 세상은 지킬 것은 지켜야 모두가 행복하다. 1987년 나의 독일 전시 때 먼 곳을 와주신 老畵家 마이어 교수의 행동철학은 영원히 기억된다.

1) 민들레가 유난히 많은 민델하임시. 한국의 민들레가 어떤 경로로 '여기까지 올 수도 있지 않을까' 하는 생각으로 민들레를 본다. 민델하임시는 민들레 천지다. 우리 식으로 직역하면 '민들레 동네'가 된다. 잔트너 교수가 그 유명한 텍스틸미술관장이다. 중세기 때의 섬유벽화 등이 많다.

2) 아우스부르그대학교는 캠퍼스가 두 곳인데 나는 Schill str 100에 있는 예체능계열 학교 캠퍼스다. 미술대학(쿤스트아카데미) 명칭은 아니고 종합미술(회화 공예 판화 염직 및 염색 등을 가르치는 대학 호크슐레 〈Hochschule〉)이다. 내가 마음에 안 들어하자, 지도교수는 1개월간 시험적으로 다녀보고 나서 결정하라고 했다. 내 수준보다는 낮은 단계여서 나는 도중에 그만두고 대학원의 예술철학으로 바꿔 했다가 결국 갈등에 쌓여, 끝내 학교는 인연이 없다고 판단하고 잔트너 교수 개인공방에서 수년간 작품연구나 하기로 결심했던 것이다. 유럽의 공방 수업은 전통적으로 작가수업의 한 원형이었다. 미켈란젤로, 렘브란트, 마티스, 클레, 칸딘스키 등 수많은 작가들이 거의 공방수업 출신 전수자였다. 나는 잔트너 교수의 학교작업실 공방과 별도의 개인화실 공방 등 두 곳에서 작업했다. 1년 정도 열심히 하고 나니까 숱독일 미술관 답사연구 기회를 얻었고, 다시 전유럽 미술관 박물관 답사 기회를 지원 받았다. 현장교육을 통해 많은 공부가 되었음은 평생을 통해 고맙고 감사한 것임.

잔트너 교수(prof. H.Sandtner)/1920년생. 뮌헨예술대 출신. 아우스부르그대학교 교수 및 화가로 나의 지도교수였음.

트리틀러(Egon trittler) 내외/1940년생. 건축설계사. 부인 가비(Gabi)여사도 착하다. 미술관 자원봉사자다. 외아들 있음. 트리틀러의 집은 목조 2층인데 늘 외부 방문객이 편히 쉴 수 있는 방4개가 있다. 나는 이집에서 가끔 묶는다.

남정호씨 내외/유럽신문사 대표. 한국일보 독일특파원을 오랫동안 했음. 유럽 교포사회에 덕망을 많이 쌓아 각 계층으로부터 존경을 받는 저널리스트. 세계아리랑연합회 독일지부장 겸직. 이학표씨 내외 / 스위스 페스탈로치 아리랑학교장으로 봉사했으며 좋은 일을 숨어서 하는 노신사임.

마이어 교수(prof. H.Meyer)/1920년생. 프랑크푸르트대학교 교수 및 원로화가로 뒤셀돌프 미술학교 출신. 미술이론과 실기를 겸비한 유럽의 원로학자 겸 작가. 정년퇴직 후 담스타트에 살고 있음. 성품이 따뜻하고 한국 등 동양을 늘 동경하는 편임. 그의 저서〈독일의 미술교육〉를 필자가 번역했음.

마이어 시장(Erich Meier)/민델하임 시장(Burger meister stadt Mindelheim) 체격과 사

상이 건강하고 내 개인전 때는 항상 참석, 축사해 준다.

홀즈바우어 교수(prof. E.Holzbauer)/1921년생. 울름대학교 교수 및 미술평론가로 정년 퇴직 후 고향에서 저술 및 비평활동 함. 필자의 전시 오픈식 때 현지 독일사람들에게 나의 작품 비평과 더불어 격려사를 겸해 해주심.

가브릴레(Frau Gabriele)/민델하임 시립미술관 자원봉사자로써 아우스부르그대학 동문임. fussen근처에 부유하게 살고 있지만, 멀다 않고 내 전시회에 참석함.

게오르기 진숙(Georgi Jin-sook)/1970년대초 파독 간호원으로 독일인과 결혼 아들2명이 있음. 필자와는 학교 앞 동네 Schill str에서부터 알게 됐고 마음씨가 착하고 유학생들을 잘 보살펴 줌. 부군 게오르기씨가 천성적으로 김치를 아주 잘 먹음.

WERKE

von Herrn Prof. KIM

Nr.:	TITEL:	Größe:			Preis:	
1	Rythmus	40	x	50 cm	DM	2.400.--
2	ARARI (1)	37	x	37 cm	"	2.000.--
3	ARARI (2)	40	x	40 cm	"	2.000.--
4	ARARI (3)	100	x	202 cm	"	8.500.--
5	Rythmus	40	x	50 cm	"	2.400.--
6	Rythmus	40	x	50 cm	"	2.400.--
7	Rythmus	40	x	40 cm	"	2.000.--
8	ARARI (4)	100	x	100 cm	"	7.000.--
9	Rythmus	120	x	150 cm	"	8.000.--
10	ARARI (5)	100	x	100 cm	"	7.000.--
11	Rythmus	40	x	50 cm	"	2.400.--
12	Rythmus	40	x	40 cm	"	2.000.--
13	Rythmus	40	x	40 cm	"	2.000.--
14	ARARI (6)	35	x	35 cm	"	2.000.--

ARARI = Korea Traditionalmusik

(very famous folk Song in Korea)

berühmtes koreanisches Volkslied

위 표는 필자가 독일에서 전시할 때 전시장에 붙여놓았던 작품번호와 가격표임. 통상 어느 전시나 이렇게 함. 아라리, 아리랑의 설명을 해놓음.

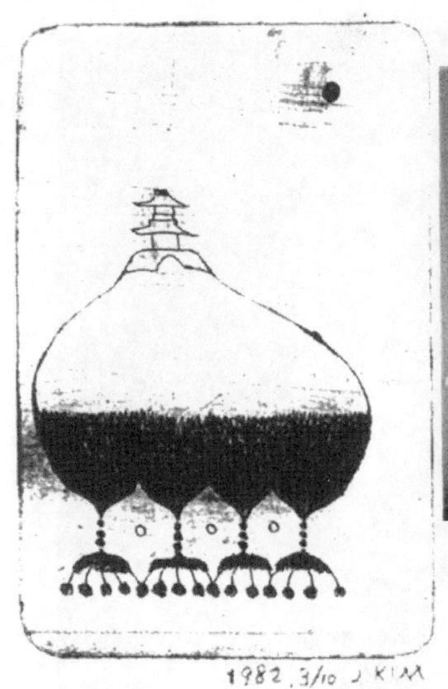

1981년 대학판화공방에서. 옆 그림은 당시 찍어낸 그림. 나는 이 시절 카메라와 필름 뭉치를 이태리 미라노에서 몽땅 소매치기 당한 뒤, 이 무렵의 사진이 없다.

1996년 다시 잔트너 교수와 아우스부르크대학교를 찾아 작업공방을 둘러보고 옛날을 생각했다.

1987년 민델하임 시립미술관에서 필자의 개인전 때 마이어 교수와 같이. 아래 전시중 남정호(오른쪽 두 번째)씨도 멀리 프랑크루르트에서 오서서 아주 고마웠다.

1990년 필자 개인전 때 원로미술평론가 Prof.E.Holzbauer 교수의 모습.

1990년 전시장 풍경. 등뒤로 보이는 여류 한국작가는 데보라 킴.(멀리 하노버에 거주)

23 - 이웃과 친구들

나의 친구나 이웃들은 모임 성격상 대략 몇 부류가 있다. 지금은 체력이 안돼 활동 범위가 줄었다. 첫 번째 많은 친지는 미술관련 작가들이다. 전시활동과 작업을 계속 해오며 만난 게 35년 되니 자연스레 그렇다. 내 스승화가로부터 나의 제자들인 젊은 작가에 이르기까지 층층이 많다. 세월은 흘러 스승화가 그룹은 한 두 분씩 타계하신 슬픈 소식만 접한다.

두 번째 이웃은 문인들이다. 내가 중학 시절부터 시를 쓴 이유도 있겠지만, 나 자신이 문학을 좋아한다. 지금도 문학지를 구독한다. 시집 소설 등의 표지와 문예지 삽화를 그려본 터라 문인들과의 교분은 오래다. 거기다 마누라까지 문인이니 그 범주를 벗어난다는 것은 말도 안 된다. 시인 소설가로부터 아동문학가까지 지인이 많다. 화가 문인 등 예술가가 쪼들리는 건 정치수준의 영향이 크다. 그동안 문화부 장관을 청와대 주변의 대통령 비서출신들로만 세우니까 문화예술의 산업적 창출보다는 정권눈치만 보는 입장이었다.

세 번째 부류의 이웃은 음악애호가들이다. 아리랑에 미쳐있는 나를 신문에서는 아예 '아리랑 작가'라는 닉네임으로 쓴다. 술자리에 적당한 시간이 흘러간 다음이면 으레 '김 교수 정선아리랑 한번 불러라'는 친구들 독촉도 있다. 아리랑뿐 아니라 흘러간 가요백년도 좋다. 팝송과 가요의 동호인 노사모도 그 뿌리다.[1]

네 번째는 전공학회의 학술적 모임 친지들이다. 학회가 착실히 커야 된다는 것을 80년대 석사논문들 보면 뼈저리게 느낀다. 이 사람 쓴 걸 저 사람이 베끼는 식이었다. 그런 논문을 심사랍시고 읽고 있으면 열불이 난다. 그래서 나와 뜻맞는 교수들이 시간과 돈과 정열을 들여 만든 것이 한국조형교육학회의 '造形敎育' 학회지 탄생이다. 20여 년간 좋은 논문을 발간해 온 학회는 전국적 훌륭한 교수회원들도 많아졌다. 학회가 이젠 국내외 명성이 높다. 학술교류로 인해 일본의 나까세(仲瀬律久) 교수, 미국 Larry A. Kantner 교수, 독일 H. Meyer 교수와도 가까운 이웃이 된 것이다.

나는 공부를 잘하진 못해 노상 2등 이후였다. 그러나 공부 아닌 사람끼리의 신뢰성만큼은 누구 못지 않게 지켜왔다. 그러다 보니까 뒤쪽에 있는 나를 일부러 찾아 기억해 주는 사람들도 있었고, 나는 그 고마움을 늘 기억하고 있다.

세상은 혼자 못산다. 이웃이 있으므로 사는 것이리라. 주변의 도움이 없었다면 나는 과연 존재할 수 없었을 것이다. 기회 있는 데로 그 신세를 갚으려 노력하며 산다.

---

1) '노래를 사랑하는 모임'은 1994 년 생겼다. 회사원 사장 작가 화가 원장 교수 의사 교사 등 팝송매니아들이라고 볼 수 있다. 필자가 가수 유익종 팬 후원회장을 한때 맡기도 했다. 지금도 그의 콘서트에는 가끔 참석한다. 이연실도 몇 번 만났다. 이연실의 노래는 좀 다르지만 존 빠에즈를 연상케 해준다. 어떤 때는 나나 무스쿠리 같은 묘한 애수를 느낀다. 이연실의 노래를 듣고 싶다. 그녀는 자존심이 강하면서도 인간적이다. 배호 손인호 고운봉 박일남도 좋은 가수들이다.

* 소나무를 남달리 사랑하는 김이환 선생은 만난 순간부터 솔내음이 났던 분이다. 나도 소나무에 미치다시피 해왔는데 그런 분을 만난 것은 설명 필요 없는 감동이다. 그러나 미술관 사정으로 나의 가슴속 깊이 아픈 기억으로 있다.

변종하 선생 전시장에서 左부터 이만익 임영방 김흥수 선생, 한 사람 건너 박재호 씨 필자. 경기도 기흥의 장욱진
선생 댁 오픈 때 손동진 씨와 함께. 경기도 이영미술관터를 비오는 날 김이환씨 내외와 둘러봤음.

1986년 필자의 가족과 김월하 선생을 모시고 좌부터 반재식 황규선 月荷 선생 이애주 신운희 선생. 1987년 필자의 눈솔賞 시상식에 오신 엄기원 김재은 필자 김의경 故 김수남 선생. 맨 아래 경기 '평화의 집' 오픈 때 좌부터 오혜령 선생 제자 방양과 오혜령 선생 필자.

정초 때 날을 잡아 식당을 통째로 빌려 제자들과 한꺼번에 30여 명의 식사를 대접할 1970년대. 박경용씨 詩集 출간모임에 좌부터 조장희 박경용 필자(표지를 그렸음) 배재균 이영호 조대현 선생. 맨아래 필자의 전시 때(1982) 만화가 故 신동우 선생의 밝은 미소

김정 회갑기념전(예술의전당 2000)에서 박재호 이봉열 이정수 전준 교수와 필자. 가운데 한능자 서명실 권오성 목사
님 최자영, 작가 김병총 선생. 아래 숭의여대 한옥현 교수 외 여러분.

위는 시화집 '정선 아리랑' 출판기념회 때. 배선기 문화원장 신성웅 부군수 등 여러분(정선문화원. 2000. 5.) 아래
는 필자 부부와 가까운 출판인들. 좌부터 필자, 주옥희 김춘호 김달주 정재필 전창춘 김윤겸 홍철부 씨.

24 · 내가 쓴 책들

나는 19권의 저서가 있다. 부끄러울 것도 자랑스러울 것도 없이 그저 무덤덤하다. 이중 공저가 5권이고 단독 저서는 14권이다. 내용상으로 봐 학술서가 16권, 화집 1권, 詩畵集 1권, 에세이집 1권이다. 학술서 16권 중 외국번역서는 4권, 순수논문 저서가 3권, 대학교과서(공저3) 5권, 연구저서 4권이다.

학술서 16권(외국번역 4권, 순수논문서 3권, 대학교과서 5권, 연구형태서 4권)

화집 1권(김정 화집. 배영사)

시화집 1권(정선아리랑. 자유문학사)

에세이집 1권(간있는 사람 찾습니다. 자유문학사)

내가 글쓰는 이유 중 하나는 한국의 미술교육을 학문으로 정립하고 체계적 자세를 갖게 하는데 기여하고 싶었기 때문이다. 지금처럼 주먹구구식의 비학술적으로 미술을 대하거나 자료분석 없이 연구하는 것은 한계가 있다고 생각했다.

한국적인 정서로 출발하는 한국예술은 분명히 서구와 다른 어떤 한국적 미술특징이 있다는 가설로, 실험조사를 통해 연구했다. 이런 부분을 더 많이 발전시켜 한국인의 교육 프로그램으로 적용시켜 현대문명과의 관계,

창조성 개발 등에 활용하는 계기가 되길 바랄 뿐이다. 그것을 뒷받침하기 위해 조사논문을 써왔다. 논문은 흥미있고 필수적인 과제다. 흡족친 않으나 마음에 드는 책도 있다.[1]

국내에서 화가 교수로는 꽤 많은 연구저서라고 보지만, 독일교수와 비교하면 부족하다. 나의 저서논문량이 아시아 지역에선 우수 그룹에 속한 편이지만 미국 독일 수준으로 보면 80~90% 정도다. 내 스승이던 잔트너 교수도 논문만 40여 편 저서 28권이다. 마이어 교수는 저서 논문 합쳐 160여 권이 있다. 우리가 잘 아는 칸딘스키, 폴 클레도 논문 저서가 많다. 화가에 있어서 전업작가와 교수작가와는 분명한 차이가 있다. 화가교수는 캠퍼스에 적을 둔 이상 연구논문 및 저서는 당연히 있어야 된다. 없다면 무엇보다 학생들에게 부끄러운 일이 아닌가.

혹자는 내가 출판 인세수입이 많을 것이라는 추측도 있으나, 속 빈 강정이다. 베스트셀러도 아니고 학술서가 몇 권이나 팔리겠는가. 이왕에 나온 말이지만 '정말 좋은 책' 만드는 출판사는 경영난이다. 독자가 판단하는 좋은 출판사는 지식인들이 살려야 한다. 괜찮은 출판사는 국민들이 도와야 하고 도움 받은 출판사는 결국 좋은 책을 펴내어 국민을 건강하게 만들어 낸다. 내 인세수입은 거의 한국조형교육학회 유지에 쓰여졌다고 고백해도 지나침은 없다. 그래서 내 나름대로 홀가분한 기분을 느끼며 산다.

---

1) 마음에 드는 저서로는 '세계의 미술교육' (예경) '미술교육총론' (학연사) '한국 미술교육 정립을 위한 기초적 연구' (교육과학사) '한국의 미술교육과제와 조형예술학적 접근' (예경)이다. 시화집으로는 '정선아리랑' 과 '간있는 사람 찾습니다' (자유문학)와 번역서로는 '독일의 미술교육' (교육과학사)이다.

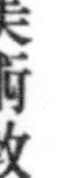

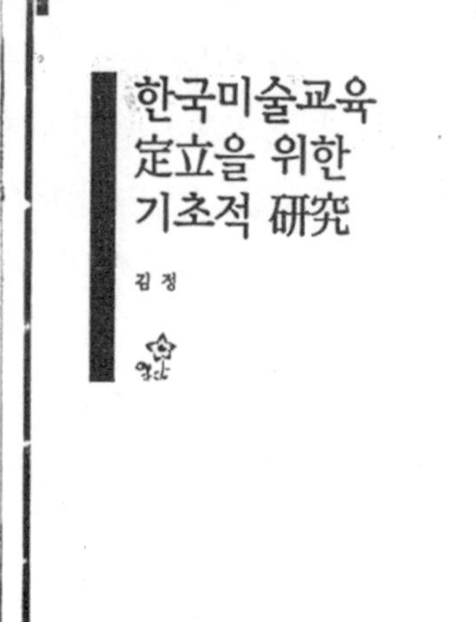

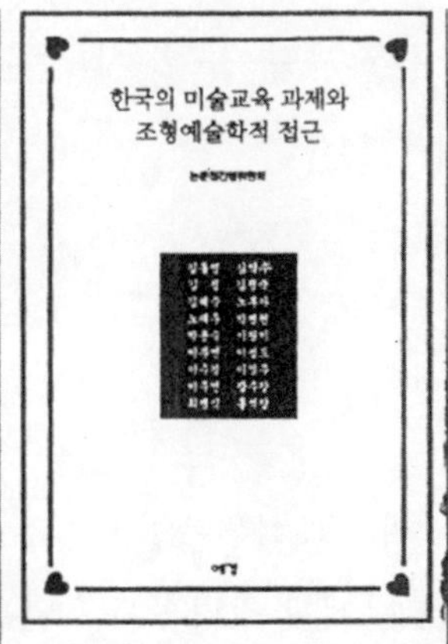

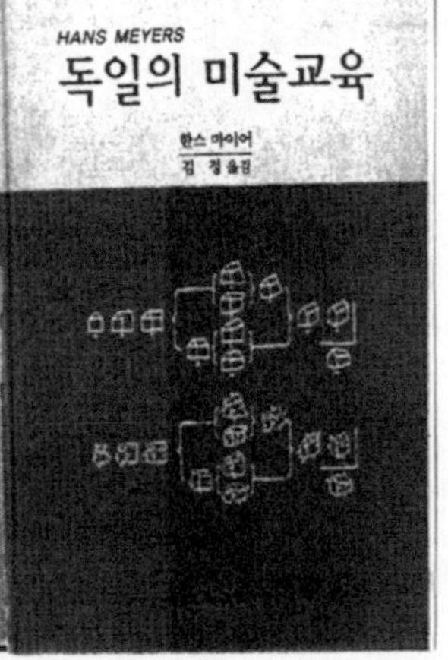

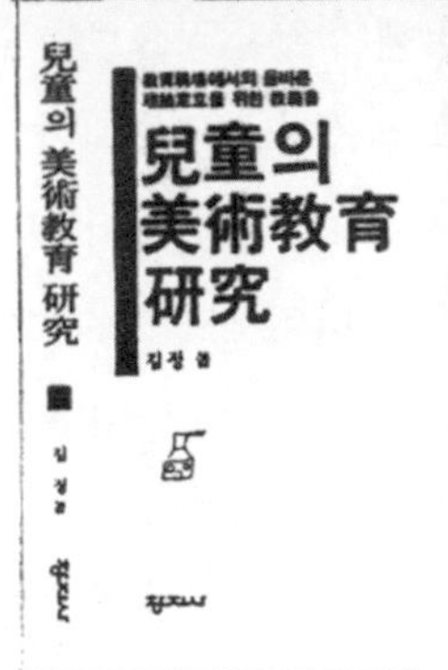

25 · 논문은 발로 쓰는가 손으로 쓰는가

내가 대학원졸업논문을 심사 받던 시절이다. 칠판 앞에 긴장되어 서 있는 나에게 최덕휴 교수님은 느닷없이 '여보게 논문은 발로 쓰는가 손으로 쓰는가' 갑자기 밑도 끝도 없는 질문이다. 원래 최 교수님은 성격이 좀 있으시기 때문에 앞 뒤 빼고 그냥 직설적이다. 나는 당황했고 '네 부지런히 다니면서 쓰는 걸 보통 발로 쓴다고 합니다만…' '음 그래, 좋아. 그럼 어서 발표해 봐요.' 그날 논문발표가 끝났고 왜 그런 질문을 하셨는지 궁금했다. 당시 나의 논문은 최 교수님으로부터 우수 논문판정을 받았었다. 경희대학교 대학원 미술과 석사과정 창설 후 첫 번째 졸업이니 어수한 면도 있고 애정도 있었으리라 본다. 최 교수님은 작가로써 또 광복군 출신으로써 그때그때 확 뱉어 풀어버리시는 스타일이라 뒤탈은 없다. 그러면서도 정이 많고 의리에 강한 분이셨다. 1교시 수업에 9시 정각에 오시고, 늘 정확한 걸 요구하셨다. 바꿔 말해 학생입장으로는 좀 혹독한 훈련을 받았다. 어찌보면 군대식으로 끊고 맺음이 분명하시다. 그리고 세월이 흘렀다. 내가 최 교수님처럼 심사를 해야 할 입장이 되었다. 그런데 이상한 것은 나도 모르게 무의식 중 '논문은 발로 쓰는가 손으로 쓰는가' 를 대학원에서 얘기하고 있는 것이다. 과거 그 말에 당황했던 내가 그 말을 내 입으로 하고 있질 않는가. 나 역시 그대로 따라 가는 것이다.

최 교수님 덕에 나는 그 동안 발로 쓴 논문만도 32편이 된다. 전공학회지에 발표된 것만 그렇고 기관지 월간지까지 합치면 50편이 된다. 학회지에 실린 논문 31편을 세부 내용별로 구분해 보니 미술교육사적 고찰 항목이 많았다. 이는 미술교육분야에 논문 한 편 없던 허허벌판에 막대기라도 하나 꽂아 놓는 심정으로 연구하겠다는 노력이었다. 나이 드신 스승이나 선배 어른들이 한 분 두 분 별세하니까 녹음이나 고증을 남겨 기록이라도 해놓고 싶어 그야말로 발로 썼다. 기억에 남는 것은 심전 안중식 선생의 장남과의 인터뷰로 '나의 부친을 말한다'를 월간 중앙[2]에 연재키로 하고 원고전량을 보냈던 일, 최덕휴 염태진 전상범 교수와 화가 이승만 박고석 작가 이서구씨 등의 생전 인터뷰는 매우 귀중한 자료가 되었다.

최 교수님의 한 말씀이 오늘날 나를 만들어 주신 것이 아닌가 성찰해 본다. 세상 사람들은 경희대를 미술교육의 메카로 말하기도 한다. 그것은 최덕휴 교수가 해방 후 미술교육의 개척자였다면(1946년부터 30년간) 그 제자인 김정 교수는 1970년 후 미술교육 꽃을 피운 최대의 선봉장(1970년부터 30년간)이라는 말을 한다.[3] 최덕휴에서 김정의 2대에 걸친 경희대의 미술교육 60년 역사는 바로 '한국 미술교육 역사'로 보는 이가 많다. 독립군 출신다운 최 교수님의 애국애족 사상이 결국 예술교육으로 이어진 결과로 본다면 지나친 비약일까. 필자로서는 그저 최 교수님께 누만 안 되길 바랄 뿐이다. 현재도 경희대에선 그 전통이 계속 이어지려는 노력이 엿보이는 듯해 잔잔한 감동을 준다.[4]

오늘도 이 방면에 많은 전공 교수들이 발로 쓰는 논문을 연구하고 있다. 학문은 논문으로 말하는 것이고, 그것은 학회지를 통해 학문이 발전된다. 또 연구자 스스로가 발로 쓰는지를 잘 알기 때문에, 논문은 항상 연구자의 땀이 묻어 있게 마련이다.

〈필자가 쓴 미술교육 및 문화관련 테마별 논문 발표〉

	유치부	초	중고	대학	일반	계
커리큘럼 개발		1				1
교과서관련분석비평			1			1
표현기법	1		1			2
미술평가 관련		1				1
미술감상교육 관련	1	1				2
정서발달	1	1				2
미술교육사적 고찰					7	7
전통미술 관련				1		1
대학미술 문제점				1		1
예술문화이론관련		1		2	1	4
한국인전통미학사상					3	3
한국인 정서고찰					4	4
미술사 관련					1	1
계	3	5	2	4	14	31

1) 김정. Paul Klee의 추상성에 관한 연구. 경희대학교 대학원 석사논문. 1977

2) 당시 200백자 원고지 180매를 월간 중앙 편집실에 넘겼다. 나중에 책이 나와보니(1974) 70매 분량으로 게재되었다. 확인 결과 편집사정상 줄였다는 것. 속이 아팠던 기억이 있다. 또 원고 170매가 그냥 없어졌다. 나로서는 매우 귀중한 사료(史料)였지만 어떻게 하랴. 망연자실했었다. / 화가 이승만 박고석 극작가 이서구씨 등의 증언은 1920년 조선일보 창간 당시의 선배들 얘기를 전해 들려 준 내용으로 새로운 게 있었다.

3) INSEA한국위원회 정기 이사회 때 이사장직을 최덕휴에서 김정에게로 인수인계하면서 하신 말. (스칸디나비아 클럽회관. 1991.2.5.18:00-21:00)

4) 최병식 교수가 전국에선 처음으로 대학원생 대부분을 전공 학회에 가입시켜 논문을 써보고 연구하는 인문학 교실을 열고 있다. 폭 넓은 동양사상사를 비롯한 인문학의 기본학습을 통해 훌륭한 인재를 양성한다는 것이다. 아주 신선한 감동이다. 결국엔 질 좋은 논문을 쓰게 한다는 목표다. 매우 뜻깊은 노력으로 평가하고 싶다.

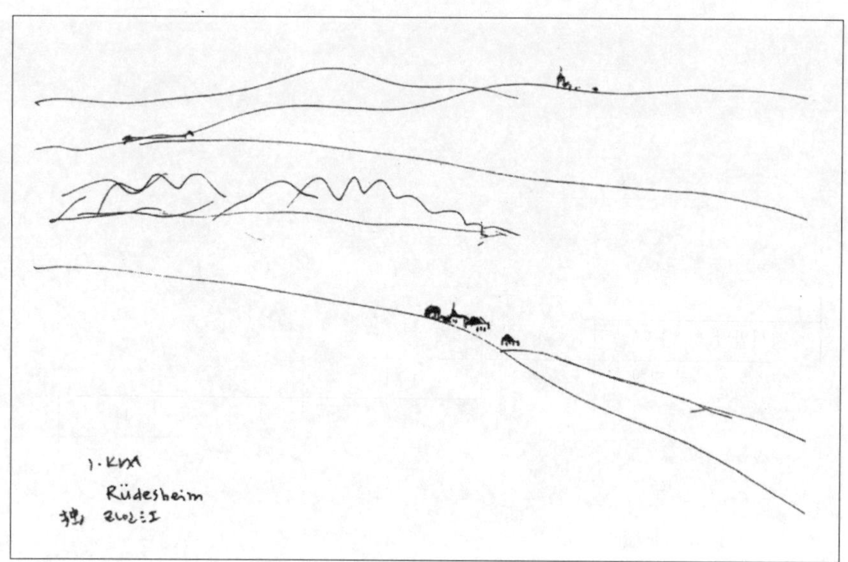

J. KIM
Rome, Italy

26 - 자료 이야기 I

나는 요즘 버리는 연습을 하고 있다. 아끼던 물건에서부터 나 자신까지 버리는 훈련이다. 자연의 생로병사 순리에 따라 가는 게 원칙인데, 애착한들 무슨 소용이 있겠는가 하는 생각이다. 그래서 혼자 간단한 음식도 만들어 먹곤 한다. 예컨대 두 사람이 같은 날 죽는다는 보장도 없으니 혼자 끓여 먹는 처량한 공부다. 나이가 들면서 소유욕도 감소되고, 내가 갖고 있던 자료에도 많은 생각을 갖게 된다.

나는 앙가쥬망 그룹전에 30년 활동했고 그에 따른 자료도 있다. 또 가끔 고서점에서 구한 것도 있어 다른 사람보다 자료가 좀 많았다. 그러나 결단을 내렸다.

2001년 2월 내가 40여 년 애장하던 책과, 아내가 보관하던 문헌자료 등 2천 건을 강원도 영월 책박물관[1] 에 기증했다. 박물관의 박대헌 관장은 바른 생각을 갖고 있는 사람이다. 평소 건설적인 아이디어가 풍부한 분이다. 서울을 버리고 영월에 가족이 옮길 만큼 용기도 있고, 영월 땅에 문화 문명을 일궈간다고 할까, 아무튼 어려운 재정 속에서도 최선을 다하는 모습이 아름답다.

내 책자료와 필기구, 쓰던 라디오, 편지봉투, 조형학회와 INSEA 문서들, 앙가쥬망활동의 일부 자료, 도장 등등과 정선 영월 소나무로 작업한 입체작품 '아리랑'시리즈 등까지 트럭 1 대분을 보냈다. 입체작품 말고 책문헌만 라면상자 40여 개가 넘는다. 이 다음에 '김정 최자영 문고'가 설치된다니 고맙다. 나 역시 영월 평창 정선을 30년 가까이 지나다니는 처지라서, 박물관은 남다른 애정이 간다.

박 관장 구상에 따르면 개울 앞 느티나무 서점을 오픈하고 쉼터를 통해 심성의 여유를 갖게 한다는 내용이다. 하룻밤 자고 돌아오는 길에 이런 생각이 끊이지 않았다. '어느 돈 많은 재벌이 아무 조건없이 문화를 사랑하는 마음으로 10억 원을 박물관에 기증한다면 그는 백억 원의 가치를 만들어 낼 것'인데 라고….

내 책상 위엔 구질구질한 자료 파일이 있다. 나를 기억하게 해주는 이 파일은 내용별로 51종류가 꼽혀 있다. 나는 일일이 기억을 못해 파일에 의존한다. 가족 모임 때 우리집에 오는 친척이 내 파일을 보고 놀라는 수가 많다. 이렇게 복잡하게 사냐고 한다. 그러나 오히려 내가 간단히 사는 거다. 그때그때마다 파일 처리해 놓으면 머리 속에 기억하고 다니지 않아도 된다. 나를 보고 또 놀라는 것은 '아직도 핸드폰이 없느냐'다. 나는 핸드폰까지 들고 다니면서 바삐 살아가고 싶지 않은 것이다. '그럼 혼자 산 속에서 사세요'다. 정신문화문명 저자인 一指는 '인간은 원시형태로 살아 보는 훈련이 필요하다' 고 지적한 것도 다 깊은 뜻이 있다. 아무리 세상을 움직이는 거대한 기계조작도 전깃줄 코드 하나 고장 나면 금방 암흑천지로 급변하며 속수무책이다. 엄청난 자료가 무슨 소용 있겠는가.

세상살이는 다 양면의 모순을 갖고 있다. 컴퓨터 등 한쪽 자료만 너무 의지하는 건 위험하다. 책이 주는 자료가 인간정서나 심성교육에 막대한 영향을 끼친다. 그 영역은 컴퓨터가 따라 올 수도 없다. 책자료는 생각하는 사람을 만든다.

이제 이순을 넘은 나이에 자료를 모으거나 나만의 자료보관은 의미가 없다. 나를 죽이고 이웃이 사는 방법이 더 유익한 것을 배우며 살아간다.

1) 영월 책박물관 : 강원도 영월군 서면 광전리 271-2(우230-841) tel 033-372-1713. 박물관
   이 주최하는 책문화 전시나 문화이벤트가 있어서 관광가치가 있음.
   최근 영월 정선 평창 아리랑을 그려온 김정의 스케치 · 입체조형 등이 전시됨.
   2003. 5 월 축제는 '영월아리랑 - 김정 자서전' (5. 3 - 10.31)을 '꼴깔 소리와 김정' 이
   란 타이틀로 필자의 책표지와 아리랑 테마회화를 포함해 특별기획 전시됨.

어느날 영월 청령포 솔밭에서(2003)

필자의 저서 및 역서가 독일 전시기간 중 한쪽 코너에 정리 전시되고 있는 게 신기하고 특이했다. (1990)
아래는 1982년 학보사 주간이던 홍순강 교수와 식당에서 우연히 만난 자리에서, 신문제호가 없다는 하소연을 듣고 필자가 즉시 써준 게 20년 넘게 사용했다.

독일 뎃사우에 있는 '바우하우스'의 자료실을 관찰 조사할 기회가 있었다. 슈미츠, 그로피우스, 오스카 슐렘마, 클레, 모홀리나기 칸딘스키…등등 기라성 같은 미술교수들의 흔적과 철저한 자료분류는 감명을 받을 만했다. 아래는 同行하며 나를 도와준 제자 김용권 교수(좌)와 손홍민 실장(우)

27 · 내가 나를 말한다

내가 나를 말한다? 어 이거 정신나간 놈이네. 자기가 무슨 지역구 의원 후보감인가? 자기가 어떻게 저를 말한단 말인가.

「그렇다. 나의 정확한 속 얘기를 한다. 공식적 말이 있고 인간끼리의 진솔한 말이 있다. 우리나라엔 진솔한 기록이 적다. 오원 장승업의 생몰 연대도 없는 나라다. 독도의 기록도 있어야 되지만 개개인의 기록도 있어야 나중에 후학들이 자료로 쓸 기회가 있다. 작가론 연구에 작가기록이 없는 게 국내학계의 한계다. 나는 우리 시대에 문화를 하나씩 만들어 가고 싶은 것이다.」

본인이 본인을 잘 알 것이다. 창피한 부분도 있다. 누구나 인간이 저지를 수 있는 일이니 누가 누구를 욕하고 욕먹겠는가. 기록은 어쩔 수 없는 것이다. 보태지도 말고 빼지도 말고 그대로 적는 게 바른 길이다.

「중학교 시절 나의 모친은 나를 보고 '너는 눈에 우물을 팠냐? 그걸 갖고 울게…쯧쯧…' 하고 시원찮은 놈 다 봤다는 식으로 묘한 표정을 지으신 기억이 많다. 나는 형 때문에 교복 운동화 어떤 때는 모자까지 물려받아 입고 쓰는 고통을 갖고 자랐다. 늘 새것 입는 게 소원이다시피 했다. 다음엔 꼭 새것으로 사준다는 모친 약속이 때가 됐는데도 안 사준 것이다. 그래서 나는 따지다가 실망 겨워 눈물을 짠

것이다. 그 시절엔 다 비슷했다. 교복이 없어 허름한 군복바지를 입고 학교에 오는 학생도 있었다. 전쟁 후 뭔들 있었겠는가. 지금의 이라크 · 아프가니스탄 모습이다. 아마 내 모친은 나보다 수천 배 수만 배 더 울고 싶지만 형편상 눌러 참아 버렸을 것이다.」

요즘도 나는 어쩌다가 도서관 뒤뜰이나 골목길에서 청소년이 혼자 앉아 눈물을 흘리는 모습을 목격하면 가슴이 뭉클하고 그 학생이 자꾸 마음에 걸린다. 어떤 때는 소년의 동태를 지켜보고 말을 어렵게 건 적도 있다.[1]
모 프로그램에 가족찾기 프로도 나를 울리는 프로그램이다. 나는 옛날 우리 모친 말대로 눈물이 좀 많은 게 탈이다.

「어떤 모임에서 독일여행 갔다 온 사람이 나를 반기며 '독일풍경을 보니 김 교수님 생각이 났어요' 고 한다. '그래 독일여행은 재미있었어요?' 했더니 '하이델베르크가 너무 예뻐서 그 모습을 물끄러미 보다가 왠지 눈물이 주르르 흘렀습니다.' 한다. 아마 이 사람도 나처럼 눈에 우물을 판 사람인 모양이구나 하고 생각했었다. 그런데 눈물의 종류가 나하고 완전 딴판이다. 예쁘고 아름다워 눈물이 난단다. 그렇다. 인간은 슬프거나 기쁠 때 다같이 눈물이 난다. 그건 우리의 태극사상에서도 하늘 높은 것과 반대로 물 속 깊은 것은 통한다고 했거늘, 지극히 자연스런 것이었다.」

눈물과 용기는 종이 한 장 차이다. 눈물 짠다고 허약하게 보면 잘못이다. 장미꽃처럼 가시가 숨어 있다. 내가 존경하는 인물이 윤봉길이다. 그도 눈물 많던 청소년이었다.

「내가 사는 동네는 빌라와 주택이 있다. 고급주택에 사는 모씨는 노상 골프채

가방을 운전기사가 챙겨 준다. 그런 집에 사는 그는 쓰레기 봉투가 아까워 동네에 슬쩍 몰래 버린다. 음식 쓰레기통에 비닐까지 통째로 버리는 걸 몇 번 들켰는데도 강심장이다. 나는 개인적으로 월 십만 원씩 용역비 내고 아예 집앞 동네 청소를 하고 있다. 돈 많아서가 아니라 모범을 보여주고 동네가 깨끗해지기를 바라면서다. 내 마음도 편하다. 또 지금까지 숨겨 왔었지만, 22년간 54명의 대학, 대학원생들에게 김정 장학금을 주어 왔다. 액수는 안 많았으나 내 개인 재정으론 부담이 좀 됐었다. 이건 자랑도 아니오 숨김도 아닌 그저 환진갑 다 지난 평소의 일상적 모습이다.」

나의 힘은 눈에 우물 판 눈물샘에서 나온 것은 아닌지. 내가 아리랑에 심취하는 요인도 '아리랑 부를 때 저절로 눈물이 나는….' 정서가 맞는다고 본다. 그렇다고 나는 노상 우는 건 아니다. 웃는 시간이 더 많은 건 분명하다. 간단히 나의 특징을 요약하면

* 건망증 아주 심하다. 30대 중반부터 시작됨. 메모지 적는 버릇이 결국엔 자료기록의 계기가 됨. 지금도 김정 하면 '자료 많은 사람'으로 믿는다.
* 아리랑 등 계면조의 노래를 좋아한다. 의리나 신세진 것을 삶의 중요한 가치로 기록하고 반드시 은혜를 기억한다.
* 나 자신 본인에겐 굉장한 구두쇠다. 라디오 34년 쓴다. 구두 12년.
* 허리디스크로 고생하다. 병명은 척추협착증. 그러나 氣체조로 힘들게 극복해가고 있다.
* 나의 얼굴 미간의 천(川)자 주름은 화난 표정이 아니다. 중학교 2년 때 마종훈이란 친구와 자전거 타다가 돈화문 쪽에서 원남동 언덕을 내려오던 중, 가속이 붙어 무서운 속도에 겁나 브레이크를 잡았는데 불행히도 브레이크가 없는 자전거였음. 결국 끝까지 갔는데 그 다음은 병원에서 깨어났고, 왼쪽 눈썹, 턱 등 9-10바늘 꿰매는 수술 끝에 오늘과 같은 주름이 생겼음. 처음 나를 보는 사람은 무지하게 인상 쓰고 다니는 사람이라고 봄. 그러나 내 속마음하고는 상관없는 사항임. 나는 이 인상 쓰는 주름 때문에 많은 불이익을 봤음.
* 조용하거나 떠들거나 상대 예(禮)를 갖추려는 친구와 정서가 맞으면 차나 술을 밤새도록 마셔도 즐겁다. 그 범위가 의외로 많지 않다.

1) 사정을 들어 본 몇 개는 친구에게 왕따 당하거나 가슴을 얻어 맞았다, 부모가 아픈데 돈이 없어서, 성적이 안 올라서… 등등을 들었다. 가정과 사회가 건강해야 할 필요가 절실한 내용들이다.

필자의 20세 때인 대학 1,2학년 시절 스케치 그림들.

손자 김현진이 2002년 겨울 서울에 나왔을 때 필자와 함께…

위: 1961년 6월 논산훈련소에서 중대원이 훈련 마치고. 앞줄 왼쪽 첫 번째 앉은 필자.
1999년 학교 뒷마당에서의 필자. 바로 이곳은 3,4월과 6,7월에 자연 기운이 좋은 곳이다.

千年松
慶南 거제 海金剛
J.KIM
Jan, 1988

Rothenburg
marktturm   J.KIM

28 · 칼럼 쓰던 시절

내가 근래 쓴 장기 연재물로는 월간 미술의 '이야기 미술교육'과 월간 소년의 '우리들 그림 심사평'이다. 월간 미술은 1998년부터 2년을 썼고 월간 소년은 현재 34년째 쓴다. 2003년 4월호가 제 403회다. 1971년부터 78년까지 월간 새생명의 '명화감상', 소년 조선일보의 '세계의 명화 순례'도 4년 정도 했었다.

최장기 칼럼은 월간 소년이다. 순수문예지고 신부님 사장의 친절한 격려도 있고 보니 국내외 장수 칼럼이 됐다. 아마도 한 월간지에 34년째 매월 연재 그림평을 쓴 것은 기네스북에 올라갈(?) 후보가 될는지 모른다. 또 원고료가 많았으면 끊었을 수도 있었으나 거의 봉사수준에 가까워 지금까지 이어진 것으로 생각된다. 그 바람에 20년 연재집필 기념 때 감사장도 받았다.

칼럼 중엔 특히 월간 미술의 반응이 대단했고, 그 파장은 금방 퍼진다. 미술 애기를 통해 사회구조 교육 정치 정책 등까지 언급되니까, 경향각지의 여러 계층으로부터 엄청난 격려가 쏟아졌다. 반대로 몸조심하라는 반협박전화도 받았다. 나는 그때 월간 미술이라는 특수지인데도, 그처럼의 폭발적 반응을 지녔다는 것에 놀랐다. 그것은 시대상으로 보아, 가려운 데를 긁어 준 것이기 때문이라고 본다. 부패정권에 의해 가슴아파하는 사람이 많았다는 것이다. 도덕 청렴을 주창하고 일반대중을 살리겠다던 DJ 정

부에 실망한 국민들의 행동이라고 본다. 나도 인간이기에 잘못하는 부분
이 많다. 누구나 허물이 있지만 정도가 문제 아닌가.

미국 LA근교 게티미술문화재단의 도서자료실 앞에서 좌부터처남 최계성씨 내외와 함께. 이들과 오랜만에 한자리에 앉았음.

29 - 한자회와 한구회

나는 묘하게도 여자대학에 인연이 많다. 숭의여자대학은 주무대였고 이화여대 숙명여대에 오랜 기간 출강했다. 물론 경희대 홍익대 성균관대 동국대 세종대 등등도 여러 번 인연을 가져봤지만 여학교만큼 긴 인연은 아니었다.

여학생은 남학생과 달라 숨기는 게 많다. 가정형편상 그림작업을 포기할 때도 슬그머니 사라지고, 시집을 가면서 동시에 작업활동을 아예 저버리는 등 말못할 고민들이 많다. 그래서 그런지는 모르나 시집살이가 싫거나 또는 작업을 위해 결혼을 미루는 여성 작가가 느는 건 사실이다. 어쨌든 이런저런 이유로 작업만을 고집하기엔 어려움도 많다.

그래서 내가 조금 도와줘 창립된 두 미술작가그룹이 바로 '한국자연을 사랑하는 작가회'와 '한국사상을 탐구하는 작가회' 약칭 '한자회'(韓自會), '한구회'(韓究會)다. 젊은 패기와 작업의욕은 있되 경제가 약한 작가들이다. 창립전 때 나는 용기를 북돋워 주고자 한자회, 한구회에 각 150만원씩 지원했다. 모두들 사랑하는 제자들이니 내가 뒷바라지라도 해주고 싶었다. 그러나 한구회는 창립전 이후 사정상 휴면상태고, 한자회는 용기백배 2003년 현재 제 5회전을 가졌었다. 요즘은 내 형편되는 대로 조금밖에 못 보태는데, 이들이 전시비용 걱정 안할 만큼 도와주고 싶지만 잘 안 된다. 그러나 언젠가는 꼭 될 것으로 생각한다. 지난 해 미국 방문 때에도 방법을 찾아보았지만 잘 안 되었다.[1] 한자회는 1998년 창립을 위한 모임으로 경기 포천 황학산을 기념등산했고, 한구회는 물구경하는 양수리 강변모임으로 출발함으로써 山과水를 짝맞춰 출발했다. 한국의 자연을 미학적으로 해석하는 한자회는 지금도 잘 굴러가고 있다. 즉 산은 됐는데 물이 죽어 있다.

　매년 전시기간 내 한끼 식사하면서 작품평가 및 의견 교환하는 날로 했다. 그 전통은 지금도 계속되고 있다. 이들이 장차 한국의 여류작가로 성장해 명성을 떨칠 것을 기대하니 괜스레 흐뭇하다. 뭐든 애정 갖고 공을 들이면 가능한 것이다.

1) 2001년 샌디에고에 사는 사업가 이 모씨와 진지하게 의논, 그는 한국예술의 한 부분을 살리
는 뜻으로 2003년부터 매년 1천 달러씩 보낸다는 약속을 했음.
한구회 창립전 회원 : 김성준 김정 김진두 여성민 이준구 정상현 장수창
한자회 창립전 회원 : 강현숙 갈현옥 고명숙 고명주 김정숙 박옥선 신경숙 심혜경 이재화 윤
미희 정향미 조혜덕 황민순
현재 제4회전 회원 : 갈현옥 강현숙 고명숙 고명주 김정숙 박옥선 손은주 신경숙 심혜경 윤
정임 이신화 이재화 이진경 임미란 정수연 정지영 정향미 조혜덕 한경아 황민순

한구회(韓究會)전 창립 전시 때 좌부터 장수창 필자 여성민 이준구 정상현 씨. 김진두씨가 못 왔다.
한자회(韓自會) 모임 때 좌부터 필자 이재화 황민순 정향미 박옥선 강현숙 김정숙 씨. 많은 회원이 못 왔음.

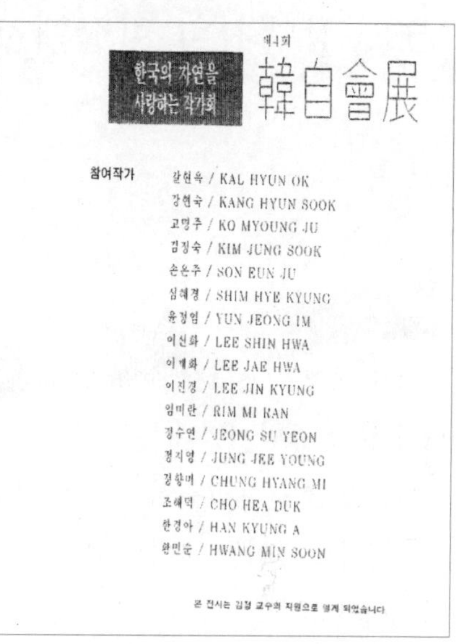

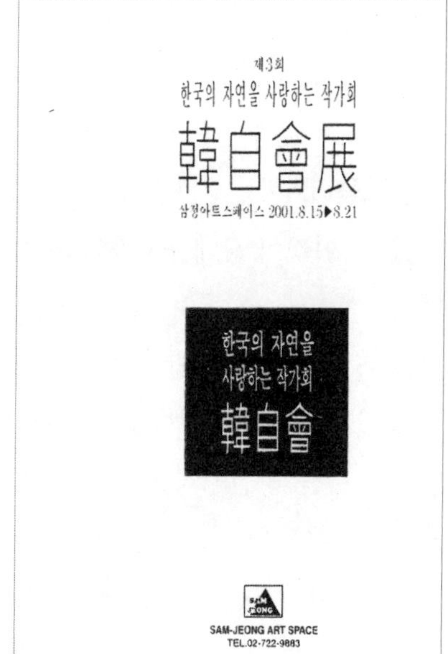

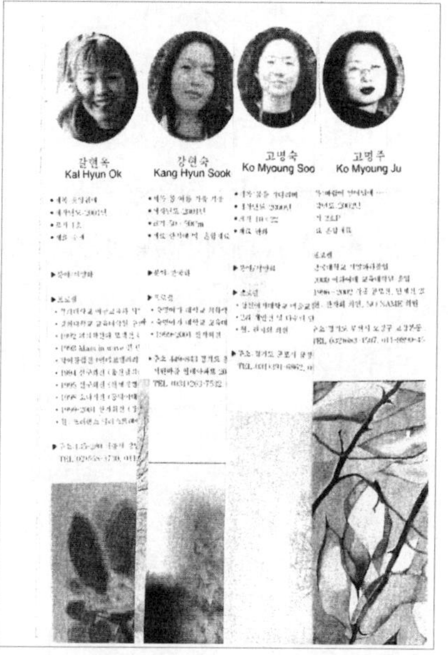

한구회展 창립포스터. 한자회展 출품작가와 전시카다로그 일부. 한자회는 2003년 현재 제5회전을 열어 저력을 굳혀가고 있다.

30 · 장애자와 비장애자

내가 장애아에 관심 갖게 된 것은 지극히 우연한 기회였다. 1970년 초니까 30대 초반이었다.[1]

어느 날 삼육재활원의 민은식 원장이란 분으로부터 연락이 왔다. 사연인 즉 '평소 아이들 책에서 김 선생의 동화 같은 그림을 봐왔지만, 새생명 카렌더와 표지그림은 정말 환상적이었고, 이곳 아이들이 작가선생을 보고 싶어한다.' 는 것이다. 그 인연으로 민 원장을 몇 번 만났고, 1975년 한국뇌성마비아 복지회 이사로 영입됐으며, 나도 역할을 찾아 삼육재활원에 매월 1회 미술교실지도 자원봉사를 했다. 뇌성마비는 언어 근육 등 이중장애를 갖지만 지능은 거의 정상이다. 나는 5,6학년생과 그림도 그렸고 아이들은 나에게 많은 질문도 하고 지냈다. 이것이 장애아동과의 최초 만남이었다.

이후 10년간 봉사하고 정도 들었지만 1985년 감사패를 받고 이사직을 끝냈다.[2] 그 인연으로 지금은 서울 시립정신지체인 복지관에도 17년째 자문교수로 봉사하고 있다. 보라매공원 안에 있는 정신지체 복지관은 매년 그림 그리기나 공예만들기 대회를 열어 장애아들을 격려해 준다. 특수교사를 위한 미술교육 특강을 해 준 적도 있다. 이런저런 일로 장애자들과 관련을 갖다 보니 나를 두고 '가족 중에 장애아가 있다.' 는 소문까지 났었다.

정신지체아는 정말 천사들이다. 이들은 어느 누구한테 거짓말이나 해코지를 할 줄 모른다. 복지관에서 주최하는 전국 장애자 그림대회는 천여 명이 모일 때도 있다. 직원들은 이 큰 행사때 지원기업체를 찾느라 애를 먹는다. 1994년쯤이다. 나도 지원기업체를 하나 추천해줬는데 끝내는 미운 오리새끼의 해프닝[3] 으로 끝난 적이 있다. 인간은 참으로 묘하다. 내 자식 괜찮다고 남의 자식은 미운 오리새끼다. 그렇다면 동물과 인간은 무엇이 다른가.

1) 윤석중회갑기념새싹회 기금마련전(1971.11.8-12.국립중앙공보관 제 4 전시실)에 월탄 박종화 이은상 박두진 김원룡 박노수 김기창 최경한 송영방 김정 등 92인 출품기증. 이때 나는 귀여운 어린 아이그림을 내놓았다. 1972 년 제 9 회 한국미협전 덕수궁 서관 때도 '하심' '파정' 두점도 아이그림. 1973 년 5 월 새생명 표지사진은 아기천사 그림인데 많은 사람들에게 호평을 받았다. 지금도 그 그림을 애기하는 사람이 있다.

2) 당시 뇌성마비 복지회장은 김학묵씨였고 이사에 민은식 민정애 최경희 김정 뽀빠이 등으로 기억된다. 오뚜기 체육대회, 캠프 등이 그때 생겼다. 1978 년 강원 월정사 오뚜기 캠프에 갔다 오는데 월정교 위에서 급커브로 교통사고가 크게 나서 나와 최 이사가 죽을 뻔했던 일, 미술대회 때 감동으로 눈물이 났던 일들은 모두 추억이 됐다. 내가 민 원장의 주선으로 이사가 됐고, 1982 년 독일문화원 초대 김정 독일 스케치전 때 민은식 원장이 구경오셨던 것을 마지막으로 작고하셨다.

3) 복지관 문 부장의 부탁으로 나는 크라운베이커리 윤영주 사장에게 간청했다. '장애아들의 야외행사 때 줄 빵 천 개만 좀 부탁합니다.' 윤 사장 왈 '아 그야 내가 찾아다니며 해줄 순 없지만 부탁해 온 것은 해드리죠. 두 가지 빵으로 500 개씩 선물하죠.' 그리고 내 앞에서 직접 부사장에게 지시하는 걸 봤다. 젊은 윤 사장은 문화를 사랑하는 멋쟁이다. 그후 세월이 지났고 복지관에 확인해 보니 빵은커녕 부스러기도 없다는 것이다. 크라운측에 이유를 알아본 즉, 담당이사와 부사장이 자기들 선에서 그냥 커트해 버렸다는 것이다. 사장의 지시를 어긴 것이다. 장애자와 비장애자의 차이를 본 것이다. 너무 서글펐다.

사람이 동물과 다른 것은, 약자를 생각해 주는 힘이 있는 것이다. 그것은 동정이 아닌 인간적 대우랄가 포용인 것이다.

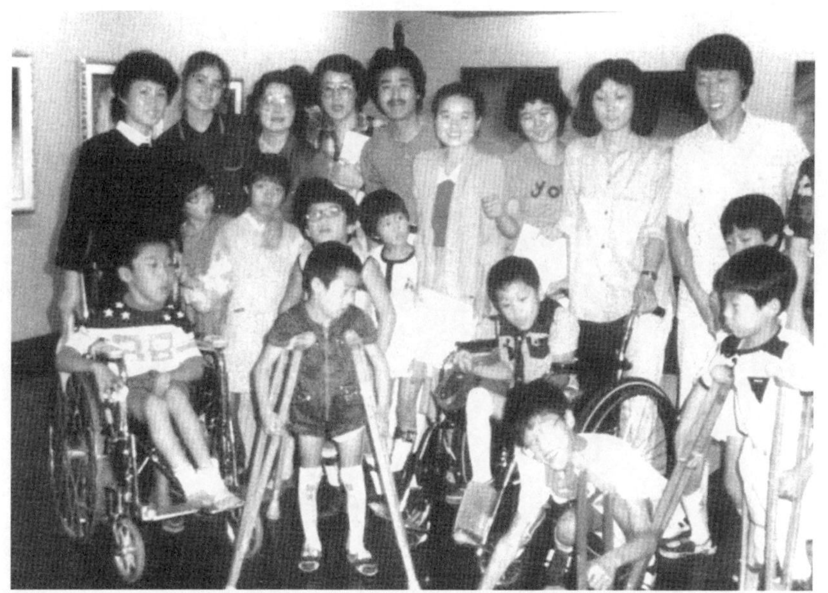

1978년 필자 전시 때 뇌성마비아동 및 교사들이 단체로 구경왔다. 이 시절 삼육재활원 자원봉사 교수로 관여할 때임.

31 · 다시 볼 수 없는 사람들

흐르는 계곡의 물을 보고 있으면 '저 물은 뭐가 그리 바빠 그토록 쉬지 않고 밤낮 가야만 하는가…'라는 생각이 든다. 어차피 사람도 그 물처럼 계속 흘러 어디론가 먼길을 가고 있다. 평소에 건강하셨던 분의 뜻밖의 부음을 듣고, 나는 많은 생각을 하게 된다.

내가 만난 많은 분들이 다시는 볼 수 없는 먼길을 먼저 떠나셨다. 사당동 예술인 마을에 새집 건축하셨을 때 장수철 선생댁 방문도 생생하고, 이웃에 사시는 이원수 선생은 약주를 좋아하셔서 신신백화점 골목 [수정이네] 술집에도 몇 번 동석했고 내 막내 여동생 결혼 주례까지 해주셨던 노신사의 굵은 안경도 인상적이셨는데 훨훨 가버리셨다.

내 친구였던 시인 김사림은 박사공부로 학위 받고 며칠 뒤 떠나셨으니 너무도 분하다. 우리 대학 식당에서 점심같이 먹었고 그의 시 '먼산 빗방울 피그르르 돌아…'를 내가 한 줄 외웠더니 김 박사는 껄걸 대소했건만… 아직도 내 기억에 남는다. 석용원 선생도 그의 시집표지를 내가 그렸는데 바로 그 책이 문학상을 받게 되어 좋아하시던 모습도 그립다.

국악인 김월하 선생은 순 서울분이셔서 내 모친을 뵙는 듯 했다. 우리집에 가끔 오셔 마당꽃 내다보시며 시조창을 부르시던 모습이 생생하다. 또 다른 남창가곡의 명인 홍원기 선생도 우리 집에서 가끔 초대했는데 오실 적마다 궁중음악의 멋을 노래로 들려주시기도 했다. 정신문화원 황성모

부원장님도 서봉연 선생을 통해 나의 독일공부에 힘을 써주셨다.

우리나라 우표문화 발전에 몸바친 김광재 선생은 나에게 유럽우편 얘기를 월간 우표에 연재케 했던 분이다. 그와 비슷한 나이에 삼육재활원 민은식 원장도 나를 장애자들에게 눈을 뜨게 한 분이다.

화가 박고석 선생이 '아 이놈쎄이야'가 입밖으로 나오면 그 날은 기분이 좋은 날이다. 박 선생의 사나이다운 인품과 멋은 설악산을 보는 듯했고, 술맛의 진가는 뭐니해도 장욱진 선생의 또 다른 멋이다. 함경도 기질의 화가 필주광 김충선 만화가 신동우 선생은 모두 화끈한 아바이 후손들이시다. 필 선생은 '감자 깎는 여인' 제작 이후 의욕을 보이시더니…. 김 선생도 중후한 멋에 깊은 정서를 지닌 분이었고, 신 선생은 한국 만화계의 큰 거목으로, 나의 전시 때마다 정성스레 오셨던 그의 미소는 마치 인생달관의 경지였다.

잔잔한 유머가 빛나는 이남규 선생은 느린 말투로 좌중을 웃기셨다. 오랜 기간을 누워 고생하신 동안 앙가쥬망엔 웃음이 없어졌고, 이젠 유머가 그립습니다. 화단의 원로이신 유경채 선생이 아쉬운 것은 새집 지으시고 오래 사시지 못한 게 가슴 아픈 일이다. 건강이라면 누구보다 자신 있었던 육체미의 윤건철 선생의 떠남은 믿기가 어려웠다. 양명주 선생도 뭐가 그리 바빠 일찍 가셨는지요. 대답이라도 한번 해 보십시다.

나의 스승이신 최덕휴 선생은 고생하시던 녹내장 수술이 잘 됐다고 인사동까지 나오셨는데, 한달 뒤 삼성의료원에 여러 제자동문들이 빈소를 지키게 되었다. 최선생님은 홀연히 가셨지만 뿌려주신 미술교육의 철학은 지금도 휘경동 교정에서 피어나고 있습니다. 황창배 선생도 교정에서 나의 저서 한 권을 받고선 '내 집사람이 아주 좋아하겠네요'라며 미소 짓던 모습이 떠오른다. 디자인의 이순혁 선생도 이화여대 식당에서 어쩌다 만나면 반갑게 맞는 멋쟁이셨다.

어느 여름 복날 경기 근교에 하인두 전상수 정건모 김정 김명자씨 등 보신하는 자리에서 하 선생은 고기와 소주를 박력 있게 드셨는데…. 사랑하는 제자요 젊은 화가 김재운도 너무나 아까운 나이게 가다니… 이 못난 나를 존경한다고 했거늘… 꿈이나 펼 것이지… 조각가 박철준 선생은 서울과 후꾸오카를 자주 오가시며 활동영역을 넓히셨고 우연히 고속도 휴게실에서 만나면 '자 사진 한방 찍읍시다.' 하셨다.

나를 고교시절 몽둥이로 훈련시키신 이철이 선생도 가셨고, 한국 미술교육을 학문적으로 연구하시며, 인품도 좋으셨던 조각가 전상범 선생도, 춤꾼의 명인 최현 선생도 홀연히 떠나셨다. 시인 박봉우 선생은 '김정 그림으로 시화전 한번 합시다'라고 부탁하셨고 결국 생전에 박봉우 시화전을 예총회관 전시장(옛 동양통신 있던 건물:현 세종문화회관)에서 했었던 순수한 시인으로 기억된다. 손춘익 선생 연재물 그릴 때가 어제 같았고, 최근까지 서울미술협 일을 도우신 이춘기 선생도 하룻밤 사이 갑자기 그만 떠나시어 가슴이 아프다.

외삼춘 박영훈 선생도 6·25전쟁 때 얻은 병 때문에 먼길을 가셨고, 독일 체류시절 Zilla Sandtner 선생도 나의 객지 생활을 불쌍히 보시고 동양음식을 많이 해주신 인자한 이모 같은 분이었지만 떠나셨다.

끝으로 부친 김병준씨와 모친 원희례 여사는 부부로 연을 맺고 고생만 하시다가 원 여사가 10년 먼저 길을 떠나셨고, 김병준씨가 뒤따라 가셨다.

사람이나 꽃이나 생물은 왔다가 또 다시 먼길로 떠난다. 떠날 땐 너무나도 허무하다. 가슴이 허전함을 무엇으로 채울 수 있단 말인가. 그렇게 가야만 합니까…. 하늘로 가시던 땅끝으로 가시던 그것은 정녕 다시 돌아올 수 없는 머나 먼 길이기에 더욱 그립습니다. 삼가 명목을 빌겠습니다.

　나의 치아는 모계(母系)쪽을 닮아서 40대부터 부실해지기 시작했다. 그 시절 객지에서 부실한 영양부족도 한 원인이 됐으리라. 40대 때 치아 윗니 40% 아랫니 20%가 빠지거나 교체해야 했다. 이른바 풍치 때문이다. 심할 땐 식사도중 뭐가 씹혀 뱉어보니 이빨 한 개가 빠져 있었다. 50대에 이르니 윗니 70% 아랫니 60%가 교체됐다. 결국 회갑 때는 윗니 100% 뺐고 아랫니는 송곳니 한 개만 남은 채, 틀니로 유지했다. 지금은 100퍼센트 빼고 대신 임프란트 치아다.

　우리 음식은 왜 그리 딱딱한 게 많은 지 새삼 발견된다. 김치 깍두기 콩나물도 먹기 힘들다. 틀니도 잇몸에 변화가 생겨 몇 달에 한번은 안 맞는 부분이 생겨 조금씩 손본다. 사람의 오복 가운데 하나가 이빨인데, 나는 복 하나를 빼고 산다. 누가 나한테 '갈비나 먹으러 갑시다'는 욕이나 마찬가지다. 음식 때문에 남다른 고생을 많이 했다. 죽을 싸갖고 다닌 적도 있다.[1] 돈과 시간도 많이 썼다.

　요즘엔 소위 '전기방앗간'이란 분쇄기가 있다. 내 식탁에는 필수품이다. 동치미 고기 콩나물 등을 갈아먹는 간단한 가전품이다. 매일 쓰니까 칼날이 바쁘다. 칼날은 주문하면 소포로 온다. 이 방앗간이 없던 시절의 어른들은 얼마나 고생을 하셨겠는가….

　할머니 할아버지가 웃을 때 앞 송곳니 두 개만 남은 모습을 쉽게 볼 수 있다. 이들은 밥풀 한 개도 음식을 못 잡숫는 처지다. 삶의 기초인데도 의료보험이 안 된다. 그 흔한 플라스틱 기본 틀니가 안되는 것이다.[2] 나는 그래도 틀니지만 엉터리로 겨우 먹고 지낼 수 있으니 행복한 것이다.

1) 1990년경이다. 경남 거제에서 12월 교수 연수회가 있었다. 일반 식사는 안 될 걸 예상하고 캔으로 된 죽을 이틀 분량을 싸갖고 갔던 일이 있었다.

2) 할머니 할아버지의 기본적 삶인 먹는 고통이 의료보험이 안 된다. 값싼 플라스틱 기본 틀니 (약 5-6만원)만이라도 해드려야 된다고 본다. 틀니 의료보험 적용대상을 62세 이후부터라도 하길 희망한다. 기초 음식 누룽지 죽이라도 잡숫게 해야 한다. 나는 매년 보건복지부 의료보험과장에게 전화를 걸어 '할머니 할아버지 기초 틀니 보험적용 건의'를 독촉해 오고 있지만 역대 정권은 지금까지 시행되고 있지 않다. 덧붙여 DJ가 강제로 통합시킨 의료보험 제도는 원상복구되야 한다. 한번이라도 병원 출입해 본 사람은 누구나 부당성을 느낀다.

충남
儒城에서

Marseille 프랑스
université de provence
centre st charles 교사

33 · 우표유감

우표그림은 작은 미술관일 수도 있다. 나는 우표에 관심이 있다. 그래서 나의 주통신 수단은 역시 편지쓰기다. 우리집 우표상자에는 10원짜리에서부터 20원, 50원…1,380원짜리 등 여러 종류가 있어서, 어느 때나 손쉽게 편지를 보낼 수 있다.

우표가 갖는 의미는 곧 국가의 수준이고, 고도의 미학적인 안목이 요구된다. 작은 우표 안에 대담한 생략과 상징은 밀도 높은 디자인을 만난다. 그래서 우표의 세계는 작은 공간에서 불꽃 튀는 디자인 예술 전쟁이다.

멋진 우표를 보면 기분도 좋지만 사회의 삶이 즐거워진다. 후진국일수록 대통령 얼굴이나 정권을 찬양하는 기념우표가 남발된다. 우리나라 군부 시절 전씨 노씨가 그 대표적 사례다. 전, 노씨의 얼굴 우표가 서로 경쟁이나 하듯 숱하게 쏟아져 나왔다. 지금도 독재국가나 후진국에는 권력자의 얼굴 우표가 흔하다. 내가 1980년대 중반에 민석홍 교수(서울대)와 체신부 기념 우표 발행심의에 잠깐 참여했었다. 그때 나의 고민은 기념우표 남발문제였다. 위에서는 발행을 요구하고 나는 거부하는 입장이고, 결국 나는 도중에 사퇴했다.

우리의 우표도 많이 발전해 왔으나 가끔 수준 이하의 우표가 나온다. 바라건대 우표 디자인실 예산을 높여 유능한 디자이너를 많이 끌어 들여 연구케 해야한다. 만화류나 삽화류, 또는 대통령 얼굴 등은 이제 더 이상 예산낭비요 국가위신 추락이다.

내가 1980 년대 월간 우표에 '유럽우표…' 칼럼을 연재할 당시 독일 국내는 1일내 우편배달원칙이었다. 독일은 거미줄 같은 기차의 교통수단 때문에 그 원칙을 80~90% 이상 지키고 있다. 지금 2003 년 우리의 배달 현실은 어떤가. 서울 시내에서 시내가 3 일 정도이고 전국은 3-7 일 걸린다. 세계의 수준으로 봐서 한국은 우편배달 빈국이나 저개발 등급이다.

요즘 이메일이 있는데 웬 우편얘기냐고 하겠지만, 우편은 통신의 기본이다. 최근 집배원들은 업무량 폭주로 과로사까지 발생하며, 대책을 호소하고 있다. 이 호소는 국민적 지지를 받고 있다. 정부 정책이 부실하여 죄 없는 집배원만 혹사시키고 있다.[1] 겉만 번지르르한 정보통신부가 되지 않아야 한다.

1) 우리집 근처 우체통이 있어 나는 자주 이용했었다. 그런데 어느 날 갑자기 우체통이 없어졌다. '수리나 새로 페인트칠을 하는 것이겠지' 하고 생각했다. 3 개월쯤 지났는데도 그 자리에 없다. 편지 이용이 불편해졌다. 나는 관할 우체국에 가서 물어봤더니 '인원감축에 따라 우체통 관리자가 줄어들어 아예 없앴다.' 는 것이다. 1 인이 하루 우체통 20 개를 수집하였는데 인원이 감축되니 30-40개를 맡아 하게 된다는 것. 인력의 한계 때문에 할 수 없이 우체통을 줄이는 수밖에 없다는 얘기다. 인원감축은 김대중 정권이 예산절약 시책을 자랑해왔던 것이 결국 우편 후진국으로 가고 있다. 날로 증가하는 우편물이 신속정확은 커녕 말단 집배원들 목숨만 빼앗아 가고 있는 정치를 한 셈이다. 말과 행동이 다른 정치인들이 많아서 헷갈린다.

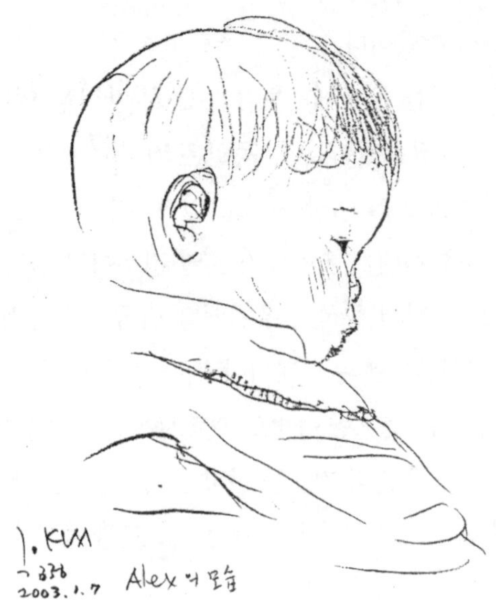

J. KIM
김정
2003. 1. 7   Alex 의 모습

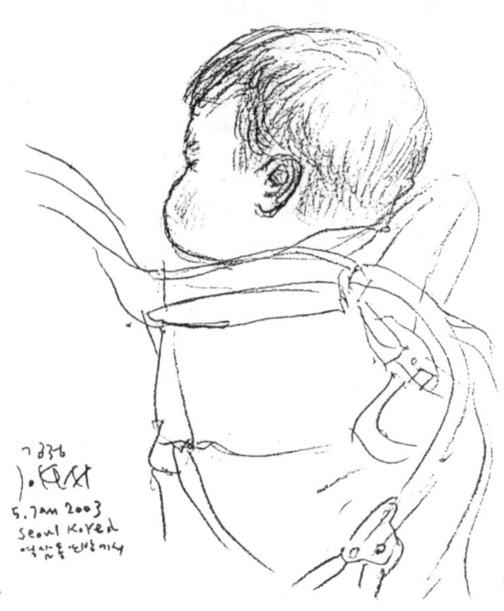

김정
J. KIM
5. Jan 2003
Seoul Korea
역삼동 신방기식

34 · 아이들 미술심사는 조심스럽죠

병원이 없는 작은 마을엔 보건진료소가 있다. 여 기서 내과 외과 소아과 등은 다 본다. 그러나 대도시엔 안과 소아과 등 전공의가 진료한다. 같은 의사지만 전공의가 더 깊숙이 관찰할 수 있다는 객관성을 갖는다. 그림심 사도 마찬가지 논리다. 아이들 그림도 화가라고 다 심사할 수 있는 것은 아니잖겠는가 하는 생각이다. 심사방법에 따라 아이의 능력평가가 엎치 락뒤치락한다. 어른들과 달리 아이들에겐 그 평가 파장이 심하다. 아이들 그림은 미술적 사항만 봐서는 안된다. 성장 및 정서발달도 참고해야 된다. 즉 인성교육과 재료, 그린 태도 등을 종합적으로 판단해야되는 것이므로 겉보기의 손재주만 보는 건 잘못판단 할 수 있다. 그래서 어렵다는 것이고 아무나 못하는 것이다. 한마디로 조심스럽다. 국내 여기저기서 아이들 미 술대회가 벌어지지만 나와 다른 생각을 갖는 교수들도 있기 때문에 심사 장에서 의견이 대립되는 경우도 있다. 그래서 나는 항상 신중하게 조사도 해보고 그쪽 논문도 써 본 것이다. 그간 오해도 있었겠지만 이제는 나의 심사관점이 옳다는 연구결과도 나왔고 동조하는 교수들이 많아졌다.

지금부터 약 30년 전이다. 덕수궁에서 학생미술대회 심사장인데, 유경 채 선생과 최덕휴 선생간의 심사평가 의견이 달랐고 나중엔 고성까지 오 고간 일도 있었다.[1] 매동초등학교 강당에서도 아이들 그림심사가 있었다. 박고석 선생과 유경채 선생간의 심사기준이 달라 서로 격렬한 언쟁이 있었고, 끝내는 유 선생이 심사봉을 꺾고 퇴장해 버렸던 일도 있었다. 이처럼 아이들 그림은 평가자 나름으로 해석하기 때문에 의견이 다를 수도 있었다. 충분히 이해가 될 수 있는 부분이다. 그러나 근래의 평가는 학술적 근거를 찾고 있다. 아직도 옛날처럼 주먹구구식으로 표피적 평가를 하는 경우도 있지만 그것은 바람직하지 않은 것이다.

그동안 나는 미술심사를 통해 나름대로 평가의 질이라고 할까 또는 평가의 관점을 '교육적 개성 창의 및 객관적 조화 기준'으로 조심스럽게 보여줘 왔다. 그러한 연구 노력은 좋은 평가를 받았는지 모르지만 나에게 심사를 의뢰해 온 기관이 많았다. 필자가 참여해 교육상으로 비교적 성공한 대회를 생각나는 데로 적어본다.

조선일보사 학생미술대회 심사 및 심사위원장 / 소년동아 미술대회 심사 및 위원장 / 한국일보 소년한국 미술대회 심사 / 국립중앙박물관 문화재 그리기 대회 심사

삼성생명 비추미 미술대회 심사 / 빙그레 미술 큰잔치 심사 및 심사위원장 / 크라운베이커리 미술대회 심사 및 심사위원장

경기도립박물관 학생미술대회 심사 및 심사위원장 / 현대자동차 미술대회 심사 및 심사위원장 / 어린이회관 미술대회 심사 및 심사위원장 / 현대백화점 미술대회 심사 및 심사위원장 / 신세계20주년 미술대회 심사 및 심사위원장 / 환경보호 미술대회 심사 및 심사위원장 / 국립현대미술관 학생미술대회 심사 / 유엔 50주년기념 세계미술잔치 국내선발 심사 및 심사위원장 / 인도국제샹카 국내선발전 심사 및 심사위원장 / 서울도쿄미술교류전 심사 및 심사위원장 / 서울시청 국제외국인학생미술전 심사 및 심사위원장 / 갤러리현대 장욱진할아버지 10주기 미술잔치 심사 / 인천어린이집연합회 미술대회 심사 및 심사위원장 / 숭의여대 유아그림공모전 심사 및 심사위원장 등이다. 그밖에 경기, 부산지역의 자치단위 미술대회도 몇 곳 관여했었다.

1) 1968-1971년 사이로 기억된다. 덕수궁 심사는 국제미술교류 단체에서 초중생 대상으로 실시했던 행사로 박항섭 최덕휴 전상범 유경채 이준 박철준씨 등이 심사했다. 서울 사직동의 매동초등학교 강당에서 미술심사는 1973년 조선일보 미술대회 심사장이었다. 박고석 김영

주 이승만 황염수 유경채 홍종명 김정 등이 심사했다. 당시에는 미술교육의 연구조사 논문
도 없었고 학술적으로 어떤 평가가 바람직한 것인가를 객관적으로 증명이 안 되던 시절이
다. 따라서 각자의 개성이 강하게 표출되면서 여기저기서 의견충돌이 심해 고성이 난무했던
것이다. 이 행사를 치르던 관련기관 담당자들은 '오늘은 또 무슨 일이…' 하며 마음 졸이
는 일도 벌어졌고, 미술심사를 놓고 담당실무 관계자들은 '어휴 이런 건 특히 아이들 미술
심사는 아무나 못하죠.' 라고 겁을 먹기도 했다. 그만큼 아이들 미술은 많은 시련과 역사를
갖고 있다.

국립중앙박물관 주최 문화재그리기대회 때 좌부터 이경성 임영방 선생과 필자. 1990

AE ERISSE. PRODUCE
BILL
EGG
BUDWISE
L.A
1991

J. KIM
6 AUG 99
VICTORIA STRASSE
in AUGSBURG

35 · 힘들었을 때 나를 도와준 분들

누구나 살기 힘든 고비는 있게 마련이다. 사람은 절대로 혼자서 못산다. 나도 주변의 여러분들 도움과 은덕으로 살고 있다. 가령 집을 샀을 때 휘청거릴 정도로 힘들었고 늦게 공부하느라 이중고생도 했다. 그때마다 도와주신 분들의 고마움을 잊지 않고 있다. 나의 그림작품을 소장하고 있는 여러 소장가들은 나를 일깨우고 격려해주신 감사한 분들이다. 나도 실업자 시절이 있었고, 또 멀리 가서 유학한답시고 어렵게 지낼 때가 있었다. 그때 부산의 모기업인이 대작을 사주는 등 힘든 세월을 견딜 수 있도록 은혜를 입었다.

일일이 이름을 밝힐 수는 없으나 내가 힘들었을 때 회사기관 및 단체, 개인, 친척, 지인 등이 나를 도와 주셨다. 이제는 고인이 되신 분들도 상당수 있어서, 그분들의 덕을 입은 나로서는 어떤 방법이든 사회에 이바지하고픈 것이다.

나는 내 나름대로 좋은 행동을 보이는 훌륭한 할아버지가 되는 게 소원이다. 그 훌륭한 할아버지란 뜻은 '사람들의 가슴에 작은 감동을 주는 행동'이다. 그건 물 흐르듯 자연스러워야 한다. 계속 생각하고 연구해보면 찾아질 수 있으리라 본다.

객지 독일에서 고생하며 피곤한 생활을 할 때, 치아 뿌리가 손상된 원인이 영양부족이란 진단을 받았다. 아침에 공방으로 가고 있다. (1980)
아래 : 1970년대 필자의 전시 때마다 물불 안 가리고 도와준 곰팀 제자들.

36 - 문화유산 유감

  늘 보던 햇살도 장마때나 궂은 날씨를 겪고 나면 더욱 햇볕의 소중함을
느낀다. 그러다가 어느 기간 지나면 또 햇빛을 잊게 된다. 사람의 간사한
마음이다. 우리나라처럼 곳곳에 귀한 문화재가 산재해 있는곳도 없다. 깊
은 산속에도 뭔가 가치있는 문화유산이 있다. 가령 가야산 꼭대기 숲속에
마애불상이 숨어 있다거나 강원 영월의 멋진 동강이 바로 그런 거다. 전국
방방곡곡의 국보급 문화재를 비롯해 절벽 노송 느티나무 사찰 갯벌 민요
아리랑 등 헤아릴 수 없이 많아 평생 다 못 본다. 문화유산이 많은 땅에 태
어난 것도 축복이다.

  나는 비교적 현장을 가보는 편이다. 문화유산이 어떻게 형성되어 어떤
모습으로 나타날 수 있겠는가. 또 자연과의 조화 등은 무엇인가 등에 관심
이 있다. 수년 간 조사연구한 연속 시리즈 논문이 바로 '한국인의 표현행
위기질과 예술적 심성에 관한 연구'(Ⅰ)(Ⅱ)(Ⅲ)이다. 돌부처에서부터 김치
맛은 왜 새콤달콤한가, 화는 왜 버럭 잘 내는가 등 한국인의 이중적 구조
나 양면성 문화를 찾아 낸 논문이다. 이런 연구물을 바탕으로 한국인의 뛰
어난 예술적 직관력과 정서감정 등을 잘 발전시킬 필요가 있다. 청년이나
청소년들에게 예술교육프로그램을 개발 활용하면 장래의 한국예술은 다
시 꽃 피울 수 있다. 우리의 핏속에는 폭발적인 창조성을 갖고 있다. 국민
적 DNA성분이 예술적이다. 그런데도 외국의 3류 저질문화가 마치 신세

대에 맞는 것처럼 상술에 밀리고 있다. 그것을 부추기는 건 국내 TV들 책임이 크다. 방송매체 PD들은 역사문화 공부와 더불어 '그것을 현대감각으로 어떻게 각색 개발하는가'에 대해 피나는 노력이 요구된다. 그 얼굴에 그 얼굴인 내용 없는 말장난 프로그램은 더 이상 TV방송이 아니다. 지금처럼 문화유산이 곳곳에 널려 있는데도 장마비에 가려진 채 소중한 햇빛을 모른다면, 한국문화산업의 원료는 썩어가고 있는 것이다.

30대 시절 겨울 스케치를 다니
던 모습. 어느 山寺에서.

Italy
BERugia, Centrom
10. AUG 1987
J. KIM

J. KIM
Feb. 1988
江陵 塩浦 출

젊은작가들과 문화유산 탐사 및 스케치 여행을 한창 다니던 80년대말 90년초 은진미륵 앞에서. 뒷줄 좌부터 김경오 필자 김용권 양희태 송시연 유종회 윤승희 씨. 앞줄 좌부터 박창렬 장부남 이한권 장수라 송경희 씨.
아래는 어선에서 뒤줄 좌부터 이희용 이한권 김용권 강현숙 최은선 송경희 씨 앞줄 좌부터 한후숙 황은숙 필자 이양석 김주경 양희태 장미옥 등. 탐사반 작가들은 경희대 숙대 숭의여대 성균관대 제자들이다. 이들의 결혼 주례는 거의 다 필자가 해줬다.

37- 내 어릴 적 성북동 골짜기

나는 어린 시절 서울 성북동에서 자랐다. 내가 성북초등학교에 다닐 때 학교앞 맑은 개울엔 소위 '마전'[1] 이라는 빨래 할아버지들도 있었다. 구진봉을 중심으로 왼쪽은 정릉 골짜기요 오른쪽은 성북동 골짜기다. 시골처럼 앵두밭과 살구나무도 있어서 목가적 분위기가 도는 이른바 서울시골이었다.

소설가 이태준씨가 집필하던 고택 마당에도 들어가 보았다. 마당 구석에 군데군데 피어 있는 붓꽃과 큰 우물이 있는 것도 인상적이었다. 나의 누님은 그 집의 딸과 같은 여학교 동창이어서 친하게 왕래하고 지냈다. 전쟁 후 그 집은 의사인 친척 조모씨가 오랫동안 거주하면서 이웃에 좋은 일을 했다. 근래에 나는 정초 때 형제들과 차례 지낸 뒤 성북동 살던 집을 돌아보곤 한다. 옛날에 다녔던 길이 왜 이렇게 작은지…. 또 성북초등학교 옆에는 박물관이 있다. 전형필 씨[2]가 사재로 모은 국보급문화재가 있던 명소다. 포도밭 속에 있던 박물관은 간송미술관이 됐고 그 입구엔 궁중노래 명인 전효준 씨[3]가 사셨다. 선비타입이던 그분의 큰 따님은 나와 성북초등학교 동창이었다. 인근에는 미륵당 등 사찰과 보성 경신 성북 동성중고교와 성균관대 서울 문리대 등 교육기관이 있어서 그 나름대로 인문학적 요소랄까 기능은 괜찮던 곳이다.

그 당시 우리집 마당에 있던 진달래·대추나무와 언덕밭에 있던 살구나

무는 봄마다 화려한 꽃향내를 퍼뜨리곤 했던 곳…. 집 앞 옹달샘 물맛도 좋았고 소나무들도 있었다. 누군가 밤새 소나무를 땔감으로 베어가는 일이 잦아 나의 부친은 소나무를 지키느라 여러 밤을 새셨다. 지금은 소나무도 샘물도 없는 그곳을 가 볼 때마다 부모들의 손길을 느끼는 듯 향수에 젖곤 한다.

1) 마전 : 생포목을 빨거나 삶아서 표백하는 일
2) 전형필씨는 1929년 와세다 법학부 출신으로 보성중 교장을 지냄. 일찍이 민족의식을 갖고 잊혀져가는 우리 문화재를 수집, 훈민정음원본 등 국보급 서화와 골동을 끝까지 지켜온 분. 아호 간송(1906-1962)
3) 전효준선생은 인품이 고우셨고 남창가곡 중요인간문화재로 활동하시며 제자들을 길러내시다가 근래에 작고 하셨음.

1964년 성북동 집에서. 육군 33개월 복무 제대하고 대학에 복학했던 시절.

1953년 초등학교 졸업 당시 뒷줄 좌부터 4번째가 필자. 당시 선생들은 옷이 귀해 군복을 입기도 했다.
아래는 중학1학년 때 생물반에 들었다. 뒷줄 좌부터 3번째.

1985년 어느 추운 겨울에 아이들과 성북동 소설가 이태준 古宅을 찾았다. 돌담은 여전했다.
2002년 정초 성북동에서. 좌부터 김용배 성기억 이필이 김도희 최자영 필자 김성배 씨 등

38 - 캠퍼스 이야기 II

이제 세상이 보일만 하니까 정년이 가까워진다. 빨래줄 끝에 앉은 참새처럼 2년반 후면 교정을 떠난다. 떠날 준비를 하려니 아쉬움이 있지만 만나면 떠나는 건 인지상정 아닌가. 그래도 백년의 전통학교에서 남부러울게 없이 열심히 연구해온 나는 후회는 없다. 내 개인으로는 독일교수 수준과 똑같은 국내외 연구활동을 하려고 노력해왔다고 생각한다.[1]

오래된 학교이니 많은 사연이 부침을 거듭했고, 기쁜 일이 있는 반면 가슴아픈 일도 겪었다.[2] 우리나라의 대학운영은 선박회사와 비슷한 듯 하다. 이사장인 船主가 총학장격인 선장을 고용하고 선장은 배를 운항하는 모든 책임을 갖는다. 따라서 선장의 안목 기술 상황판단력등 고도의 항해술이 요구된다. 배에 탄 식구나 화물은 완전히 선장 손에 달려있기 때문이다. 육지와 달리 물위에 있는 선박은 늘 폭풍우를 대비해야하는 준비태세가 필요하다. 그러므로 선장은 긴장해야 되며 세상을 보는 감각이 있어야 한다.

선장을 평가하는 기준이 보는 사람마다 다를 수 있겠지만, 나는 시대감각 안목이 중요하다고 본다.[3]

대학은 계속 변해야 되고 끊임없이 연구해야 하기 때문이다. 숭의 캠퍼스도 크게 발전할 몇번의 굳찬스가 있었으나 번번히 놓쳤다. 나름 대로 이유가 있었겠지만, 선장들의 시대인식이 부족했다고 본다. 그로 인해 최근의 파업 사태폭발(2003. 5.15)까지 있었다. 이제와서 무슨 소용이 있겠나만, 한솥밥 먹던 식구끼리 아까운 세월이었다.[4] 나는 머지 않아 정년의 몸이 되기에, 어느 특정인을 나무라는 입장도 아니다. 부디 훌륭한 선장을 만나 넓은 세상을 향해 순조로운 항해가 되길 바랄 뿐이다. 내손으로 눈물 닦아준 귀여운 제자들의 장래를 위해, 나는 깊이 생각하고 고민하지 않을 수 없었다. 내가 할 수 있는 노력은 '저 학생들이 우리 학교를 보고 들어왔는데, 그들의 가슴에 희망과 자존심을 심어주는 일'이었다.

1) 필자의 전공 연구논문발표 46편(31편은 학술진흥원 논문 등재학술지 또는 등재후보지에 발표된 것임. 나머지 15편은 미등재 기타 학회지임) 개인작품전 총 12회전(국내 9회, 독일 덴마크등 해외 3회) 그룹전 150여회전 참가(앙가쥬망 30년 참여 활동, 도쿄 뮌헨 등 해외단체전 30회 등) 연구저서 및 번역물 16책(학술연구서 12책, 외국 번역서 4책). 학교 학술동아리 '미술교육연구회' 지도교수로 활동중임
2) 1985.3.5 교비유용사건. 당시 7인 비상대책위(위원장 홍종명, 전구헌 김정 황덕호 정기숙 김재희 이반 교수). 이때 홍종명 학장서리는 짧은 기간이었지만 사심없이 여러 충고나 의견을 받아들여 슬기롭게 헤쳐나간 훌륭한 선장으로 평가됨. 그후 지금까지 훌륭한 선장은 만나지 못하였음.
3) 훌륭한 선장은 날씨를 비롯해 엔진 연료 객실 등 모든 구석까지 마음으로부터 애정을 가져야 된다. 잔머리 굴리며 대응하는 선장은 다 들여다보이게 마련이다. 최소한 10년 앞을 내다볼 수 있는 안목과 인간성이 중요한 관점이다.
4) 당시 대학 발전을 위해 필자의 기준으로는 최소한 인간성이 좋다거나 아니면 사무행정의 달인이기를 바랐으나 둘다 아니다. 나는 그간 선장을 만나(1995. 9.23/ 97. 9. 9/ 99. 11. 8) 현실감각을 직시하라는 쑴틈도 했으나 선장은 馬耳東風이었음. 나는 선장과 얼굴도 붉히면서 忠틈도 해 봤지만, 결국 선장과 나는 人文學 관점이랄까 철학적 코드가 안 맞음. 그후 나는 불이익을 감수하면서도 떳떳하게 公私席 안 가리고 객관적 기준으로 直 틈했음을 고백한다. 교수들의 가치관 인식차이도 있었다. 그럴 땐 뒷마당 한경직 동산 돌바위에 혼자 앉아 번민에 찬 명상도 많이 했음.
   한편 선주는 선장을 믿고, 간섭은 안할수록 좋은 것이리라. 숭의는 백년된 명문사학중 하나로써, 세계로 도약할 수 있는 큰 잠재력을 충분히 갖춘 대학이다. 이런 매력 있는 학교를 나는 사랑한다. 그리고 후원하고 싶다.

Campus 이대
2003. 4

대학노조 숭의여대지부가 철야파업 15일째 되던 날, 노조는 노사양측의 빠른 해결을 위한 음악회를 소운동장에서 열었다. 여기에 필자가 초대됐다. 양쪽의 아픈 마음들을 씻어 주는 마음으로 흔쾌히 승낙, 한국 미국 독일 민요와 흘러간 가요 메들리 3곡을 열심히 연주했다. 서툰 필자솜씨에 분에 넘치는 앵콜이 쏟아졌고, 음악회 이후 41일 만에 파업은 극적으로 타결됐다.

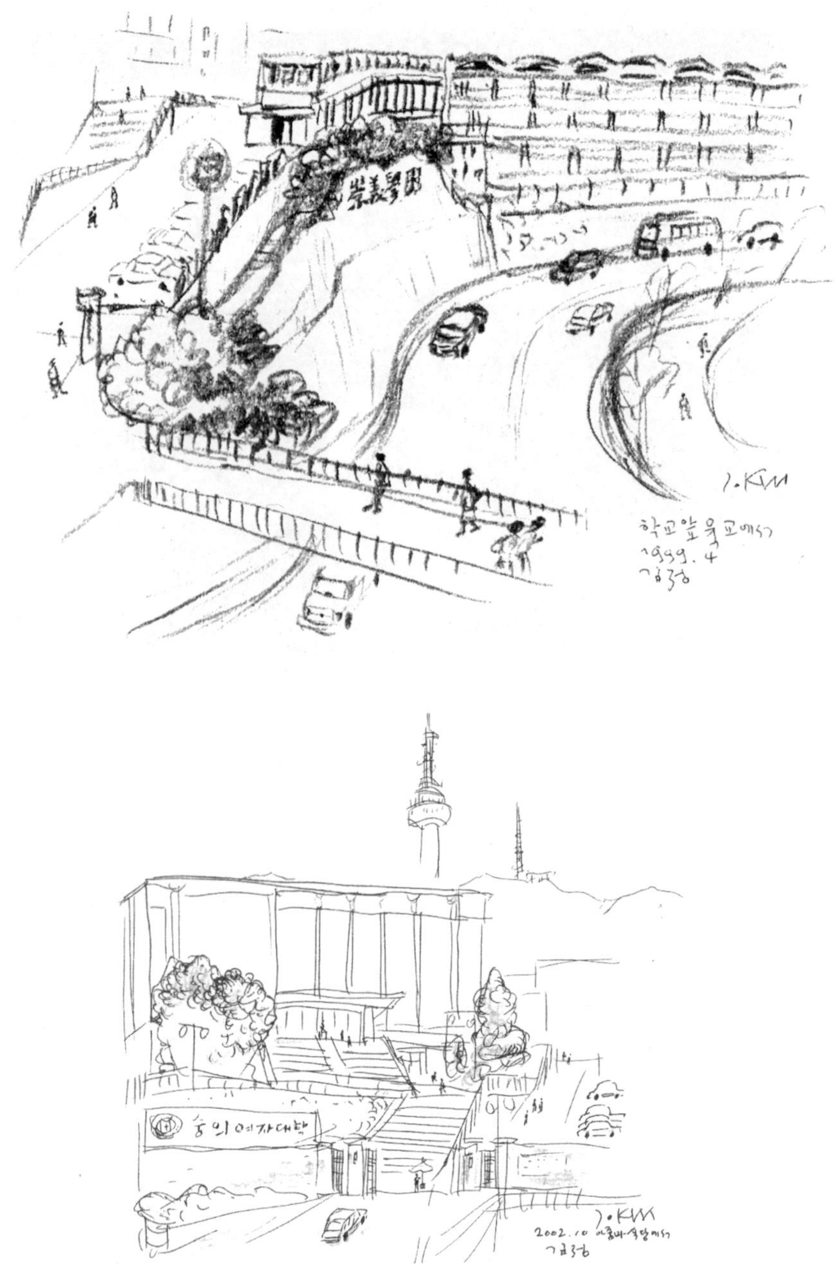

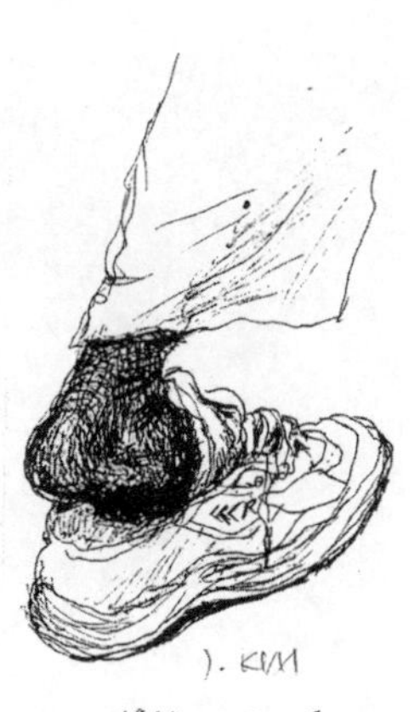

1984년 미술교육 이론 강의실에서. 나무 책걸상이 인상적이다. 아래는 학교 뒷마당 한경직 동산에서 2003. 3월 어느 날, 이곳은 조용히 사색하기 좋은 곳이다.

39 - 아리랑 이야기 IV

나의 그림 일부를 모아 '꼴 깔 소리'라는 이름으로 김정 자서전(自敍展)이 영월 책박물관에서 열렸다. 전시 타이틀은 '영월아리랑-꼴 깔 소리와 김정' 이다. 설명이 필요할 정도로 명칭이 복잡한 이유는, 김정 그림은 바로 아리랑이며 오늘은 영월지방의 아리랑축제이며 아리랑의 색깔과 모양과 소리를 회화로 본다는 의미를 담은 것. 이 고장의 문화축제이면서도 소리축제요 그림축제요 책축제인 것이다. 강원도 아리랑은 정선아리랑 인제아리랑 횡성아리랑 영월아리랑 평창아리랑과 강릉학산아리랑 등도 있다. 그중 영월 아리랑 축제의 특별전시이다.

나는 영월에 갈 적마다 장릉고개의 소나무에 매료된다. 청령포의 소나무도 잘생겼고, 특히 관음송은 소나무 이전에 한 '인간'처럼 神氣를 느낀다.

간간히 옥수수밭이 눈에 띄고 비스듬히 흘러내린 강원도 언덕배기밭에는 아낙네들의 힘겨운 밭농사 모습도 있다. 특히 더운 날의 감자밭 호미질은 아낙의 딱한 애처로움까지 느낀다. 강원도의 호미와 경상 전라 충청의 호미 형태도 약간씩 다른 맛이 있다. 호미는 작은 만능트랙터다. 파고 메꾸고 북돋우고…. 우리 손에 아주 잘맞는 도구다. 우리 할머니 어머니가 손이 닳토록 숱하게 써온 그 호미다. 나는 호미에 흥미가 있다보니 각지방별 호미를 사모아 그려본 적이 있다. 내 아리랑 작품에 호미가 여러번 등장하는 것도 호미에 대한 각별한 애정이 있어서다. 적당히 휘어 굽은 날과 허리 등이 매우 귀엽다. 그 형태는 조형적으로 완벽한 조각품이다. 힘이 덜 들면서 심심치 않게 비튼 S자 모양의 動線은 과학과 예술이 스며있다. 적당히 굽어 내린 호미와 더불어 삶과 아리랑의 역사도 이어져 오고 있다.

1) '영월아리랑 - 꼴 깔 소리와 김정' 은 5월 축제의 하나로 영월 책박물관 특별기획으로 열렸다. 2003년이 네 번째. 축제내용은 개막행사로 김성구 마임극단의 퍼포먼스, 이현수 아리랑마당, 이성원 별밤 작은 음악회 및 메밀전 막걸리 잔치가 있다. '영월아리랑 - 김정 자서전 특별전시' (5.3-10.30)로 '그림스케치 회화 조형물 김정 책표지 도서 기타 자료' 가 있다. 다음날 기념 세미나 주제 '꼴 깔 소리와 김정'의 주제로 이창식교수 (세명대) 이토교수(동경대) 김정교수의 발표가 있었다. 출판으로 '꼴 깔 소리와 김정' 8폭병풍 형태의 작은 4종 카다로그. 한편 전시포스터는 기존개념을 파괴한 3매 연속 분리시킨 아리랑과 미술회화의 절묘한 예술적 만남을 대형으로 제작됐으나 난해한 실패작이 됐다. 영월책박물관의 박대헌 관장은 먼 훗날을 위해 求道의 자세로 문화를 일궈가고 있음.

제주 성읍에서 스케치하는데, 마누라가
옆에서 우산들고 있다(1970년 중반)

2003. 5. 3 영월군 서면 광전리 마을 책박물관 앞에 전시를 알리는 현수막. 아래는 '영월아리랑 - 꼴 깔 소리와 김정'전 오픈 때 좌부터 강학중(사정이 생겨 뒤늦게 참석하느라고 고생을 많이 하심) 박대현 필자 이기웅 열화당 대표.

2000년 12월 예술의전당 전시 때. 가운데 단월드의 아리랑과 기체조 丹舞의 퍼포먼스. 아래는 박정자씨와 연극인들의 아리랑 즉석 퍼포먼스. 두 퍼포먼스 출연진에 감사한다. 전혀 사전 예고 없음에 고마운 뜻도 전하지 못했다.

40 - 그림작품 잃어버린 얘기

작가들이 그림을 잃어버리는 경우는 종종 있다. 나에게도 세 종류의 분실사고가 있었다. 한번은 그림을 도둑맞았고 두번째는 나의 실수로 잃었고, 세번째는 일부러 잃어버려 준 것.

첫 번째 도둑맞은 그림은 1974-6년에 제작된 '봉정사 풍경'과 확인 못한 2-3점이다.[1] 1975년 당시 역촌동 지하실을 작업장으로 쓸 때, 보일러 공사를 한달간 한 적이 있다. 작품은 홑이불로 덮거나 한쪽으로 묶어 쌓았다. 그곳 출입은 공사관계자들만 했었다. 얼마 지난 후 우연히 봉정사그림을 찾았으나 없었다. 그후 12년 뒤 여류화가 H씨가 불광동 표구화방에서 봉정사그림을 봤다는 제보를 해왔으나 끝내 행방이 묘연했다.

또 도둑맞은 그림으로 추정되는 작품을 뜻밖의 장소에서 본 일이 있다. 경북 상주에서 생겼던 일이었다. 제자 W군의 주례를 맡았던 나는 예식장 앞 다방에 갔다가 그 다방 외벽 높은 공간에 나의 1975-6년도 6호 작품이 걸려 있는 것을 발견했다. 깜짝 놀란 나는 주인에게 물었더니 대답을 회피하는 것이었다.

결국 우리 일행 중 모화랑대표 K씨가 마담을 설득해 즉석에서 그 작품을 구입하여 자기 개인소장으로 만들었다. 내 기억으론 판 일이 전혀 없는 작품이었다.

두 번째 사고는 나의 실수로 2001년 뉴욕 맨하탄 거리에서 스케치북을 벤치에 놓고 그냥 왔던 일이다.[2] 스케치북엔 미시건 호수 풍경 외 동상과 시카고 시가지 등 여러 모습이 생생하게 그려 있었고 뉴욕, 퀸즈 등 삶의 현장도 담겨 있었다. 멀리 미동부 지역 몇 군데 모습까지 그려진 아까운 기록이었다.

세 번째 일부러 잃어버린 사건은 1998년 학회지 논문집을 인쇄납품하던 W씨 얘기다. 그는 40대 기업인으로 열정적으로 일했으나 IMF에 부딪쳐 부도위기를 맞았다. 다급해진 그는 다음번 발행할 학회지 인쇄비를 미리 줄 수 없느냐는 '말도 안되는' 헛소리까지 하는 것이었다. 젊은 그가 눈물로 세월을 보낼 즈음, 자살까지는 막고싶어 나는 15호 작품 두점을 잃은 셈치고 기증했다. 그림이라도 팔아 살게 우선 사람만은 구하고 싶었다. 가족들 라면이라도 끓여 먹기를 바랬고, 내 마음속에서 작품 두 점을 잊기로 했다.[3]

또 다른 얘기는 1985년경 일이다. 모회사 물품납품업자라는 50대 남자가 찾아 왔다. 사연인즉 납품 받는 회사 높은 분이 '꼭 김정 그림을 구해오라'는 요구가 있어 몇날을 고민하다가 왔다는 것. 방문객의 행색은 그림 살 형편은 아닌 듯 했다.

나는 따지지 않기로 하고 무조건 그의 요구를 들어주었다. 오죽하면 찾아왔을까 하는 심정을 읽은 나는 그냥 주다시피 15호 한 점을 건넸다. 그는 나의 대한 보답으로 모형 조각 소품 두 점과 10만원 수표 1장을 놓고 갔다.

이렇게 해서 나의 작품은 위의 3가지 이유 이외에도 이런저런 사정으로 나의 의사와는 상관없이 여러 점이 사라져 버렸다.

1)봉정사 풍경(4호)은 1975년 장욱진 선생 등 앙가쥬망 동인들과 스케치 여행갔다 온후 그렸
 다. 동승 하나가 넘어질 듯 뛰어내려오는 생동감있는 소품그림이다.
 * 상주의 그림은 추상그림인데 밝은 황토색이 주조를 이룬 6호로 기억됨. 지금도 의문이 가는
 일임. 어떤 경로로 경북 상주 시내까지 왔는가 하는 점이다.
2)뉴욕에서의 잃은 스케치북은 표지가 검정색 하드커버. 아들이 살던 샴페인과 시카고 시내를
 묶으면서 그렸던 내용도 있음. 외조카손녀 성나리 집과 모건네집 그림도 있음.
3)논문집 인쇄납품의 W씨는 그 당시 9백만원의 대가를 받았다고 눈물젖은 편지를 보내왔슴.
 편지내용처럼 ' IMF 시절 눈물만 흐릅니다' 고 한 것은 젊은 기업가의 절망을 본 가슴 아
 픈 일이다.(1998. 1.12)
 * 모사조각소품 두점은 FRD로 만든 '생각하는 사람' 외 1점 소품.

左는 소기업 운영하다 IMF 때 망한 젊은 W씨가 눈물로 쓴 감사의 편지. 그림을 팔아 잘 썼는데 죽지 않고 용기를 내 살
겠다고 보내온 글. 오른쪽 그림은 도난 당한 그림의 원래 모델이 된 스케치를 상상해서 재현한 것. 어린 동승이 넘어질
듯 언덕을 급히 내려오는 소품 유화로 생동감이 있는 그림이다.

41 - 자료 이야기 II

한 화가의 일생도 짧다면 짧고, 길다면 길 것이다. 조선시대 혜원이나 겸재도 그랬듯이 작가 개개인이 한 시대를 사는 동안 숱한 걸작과 일화를 남기고 떠났다. 모든 작가는 떠나도 일화나 흔적은 친구나 제자 또는 이웃을 통해 전해지게 마련이다.

작가들의 인간적인 일화는 예술작업에 소중한 관련이 있다고 본다. 행위나 흔적은 작품을 제작하는 예술가의 한 행동철학이기도 하다. 일반인의 시각으로 볼 때는 이상한 행동도 작가적 입장에서는 이상하지 않을 수도 있기 때문이다. 작품과 인간을 같이 놓고 감상하면 흥미가 살아난다.

평소 나는 건망증이 심해 쓸데없는 고생을 많이 해왔다.[1] 그래서 되도록 잊지 않으려고 자주 메모하는 습관이 생겼고, 그 버릇은 아예 생활처럼 돼버렸다. 그러다 보니 내 주머니엔 노상 종이쪽지같은 부스러기가 있었다. 그 바람에 전화번호라든가, 이름, 약속시간, 간단한 내용 기록, 노래방 솜씨, 술자리나 회식모임 등 일상적 얘기까지 끄적인 게 많다. 그때마다 지나면 금방 없애버리지만 그중 쓸만한 가치가 있다고 생각되는 건 다시 써 정리해 놓기도 했다. 이젠 눈도 어둡고 잘 안쓰고 있지만, 언젠가 기회가 되면 정리했다가 후학을 위해 발표하고 싶다.

독일작가 마케(1887-1914)는 1차대전의 전투에서 27세로 전사했다. 나는 24년 전 뮌헨(lenbachhaus museum)에서 마케의 특별기념전을 보면서 그의 몇몇 일화를 읽은 적이 있다. 그 일화를 본 뒤 마케의 붉은색 작품을 볼 때마다 새로운 감동을 느꼈다. 작품과 작가의 인간성을 같이 보았기 때문에 감상의 폭이 넓어진 것이다. 그후 나는 작품만 보고 작가나 인간은 안보는 것인지, 또 작가를 평가함에 소홀함은 없는지 반성했었다. 마치 연극무대 앞에서 연기자로서의 배우만 쳐다보고 무대 뒤의 진짜 모습은 안보는 것인지도 모른다. 배우의 무대 뒤 모습이야말로 진짜 인간적 삶의 목소리가 아닌가. 작가의 철학이나 인간성을 자세히 본다면 작품감상이 한층 더 풍부해질 수 있다. 작품의 깊은 이해는 곧 작가로 향한 애정으로 발전, 일반대중의 가슴속으로 다가설 수도 있다.

앞으론 미술도 변해야 한다. 미술이 돈 있는 몇 사람만 향유하는 시대는 지났다. 작품과 에피소드가 있는 스토리라든가, 작품과 산업, 작가의 사회참여 등처럼 미술산업화로 가야 된다.[2] 세계는 지금 미술을 '종합적 사고'의 틀로 넓혀가는 추세다.

우연찮게 모아진 메모자료들은 1960년대에서 현재까지 한국화단의 이면사(inside story)로서 한 부분이 될 수도 있다.[3] 물론 제한적이지만 그것들은 내 나름으로 모아본 이 시대 화가들의 흔적이다. 이야기 대상에는 작고하신 분들도 많다.

오늘을 사는 화가들도 백년 뒤에는 작품만 남겨놓고는 이미 옛날 사람이다. 떠난 뒤 역사 속에 묻힌 채 일화나 흔적이 없다면 덩그러니 그림만 남는다. 평생 그림만 그려온 작가들의 인생이 너무나도 건조하게 사라져버린다. 작가치고 고뇌와 갈등을 안 느껴 본 경험 있겠는가. 고생하고 작업한 작가의 체취가 기록되어야 한다.

인간이기에 때로는 허튼 짓도 할 수 있고 또한 실수도, 영광도 있는 것이다. 그러므로 흔적과 일화가 있는 것은 당연하다. 작가의 에피소드와 인간성을 보여주는 건 학술자료면에서도 필요하다. 작가와 작품, 작가와 인간성 등의 얘기는, 심심하거나 난해한 미술작품을 훨씬 흥미로운 작품감상으로 만들 수 있다. 화가의 일화, 그것은 미술인구를 늘리는 데도 기여할 미술산업의 한 방법이라고 제시하고 싶다.

1) 40대에는 건망증이 보통 사람들에 비해 좀 심했나 보다. 버스번호가 헷갈려 잘못 타고 내리는 일이 많았음. 가령 41번 버스를 타야 하는데 14번을 탄다거나, 152번을 151로, 82번을 28번으로 등이다. 처음엔 약속 등은 수첩을 갖고 메모했는데, 어느 날 수첩까지 잃어버리니까 너무도 당황했다. 그 이후부터 쪽지, 휴지 등 닥치는 대로 썼다.

2) 독일의 모 포도주 회사는 작가의 그림을 술병 레테르 한쪽에 넣는 대신 많은 로열티로 지원. 정부는 정부 대로 많은 공공장소에 입체작품을 설치케 해 작가를 간접지원하고 있다.

3) 대학노트 두세 권의 분량이다. 원로들이 작고하시기 전 들려주신 얘기도 있고, 버릇, 좋아하는 애창곡, 모임 내용, 낙서, 몇몇 미협선거 분위기와 개표상황 일부도 있다. 내용이 개인 프라이버시 문제가 섞여 있어서 먼 훗날 햇빛 볼 날이 있을지 모른다.

앙가쥬망 同人의 여행은 매년 정초에 떠난다. 젊은 작가들과 어울려 여행을 떠나셨던 원로화가 C선생도 고단하신 건 숨길 수가 없는 듯했다. 필자 스케치북에서. 1976.

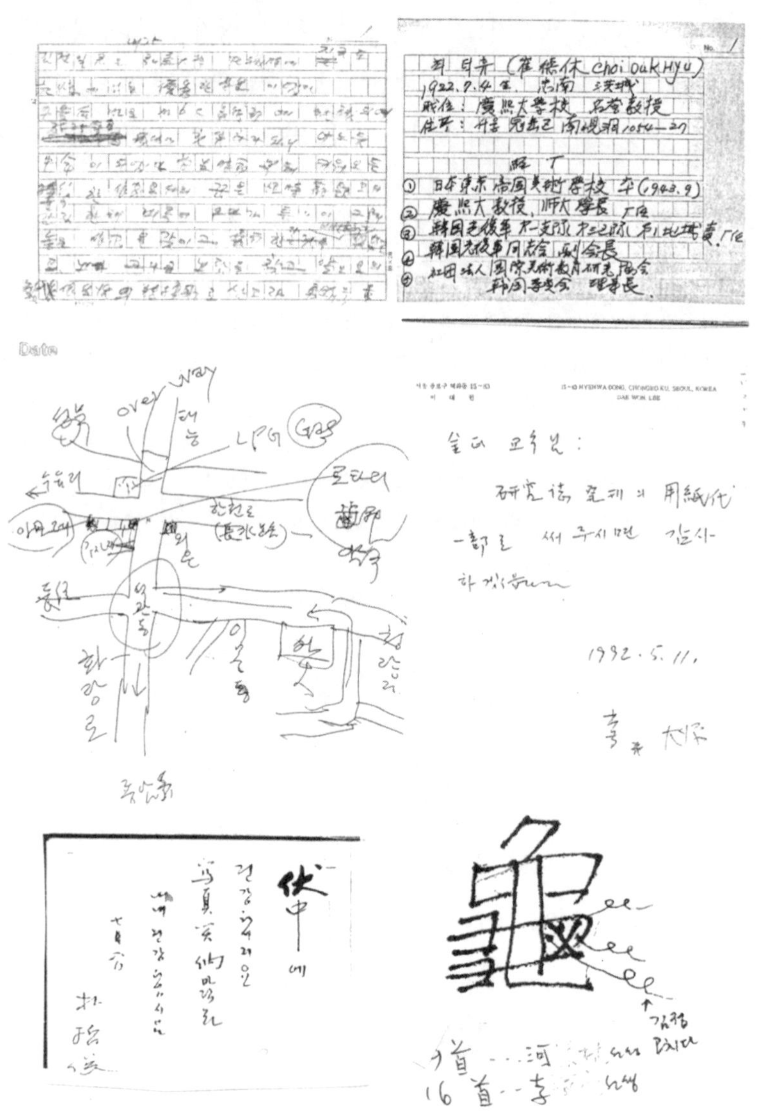

원로화가 故 L 선생의 원고지 필적과 원로화가 故 C 선생의 자필 이력서. 가운데 좌부터 원로조각가 故 C 선생의 필적과 원로화가 L 선생의 격려 필적. 아래 원로조각가 故 P 선생의 안부필적. 거북 '구' 자를 놓고 화가 H 선생과 L 선생이 획수가 19首, 16首를 놓고 舌戰을 벌였던 글자. 이 글씨는 H 선생의 필적임. (1992. 12. 이구열 선생 회갑기념논총 출간축하모임 끝나고 인사동 이모집에 모였고 우연히 龜자 얘기가 나왔을 때)

화가들의 노래실력은 대략 두 부류다. 바위고개 등 명곡파와 돌아가는 삼각지의 트로트풍으로, 가수 뺨치는 수준도 있다. 맨 위 좌부터 화가 C씨 원로화가 K씨 원로화가 K씨. 가운데 원로화가 C씨. 아래 좌는 피아노 앞에서의 화가 O씨. 우는 화가 S씨가 종로 J다방에서 필자의 총각시절 때 그려 준 것. (1968년)

준비 없이 설악산에 간 화가 김경인 박재호 이봉열 선생과 필자 등이 밤새 맥주 신세를 지는 도중 낙서 하나씩 남겼다.
아래 좌는 故 이종무 선생이 91년 필자 얼굴을 즉석에서 그려주신 것. 우는 조영동 선생이 일본 사보로 선술집에서 C씨
모습을 그린 것. (1991)

위 좌로부터 필자의 3세 때와 고3 및 대학을 졸업한 직후 모습. 69년 결혼식 주례 유봉영씨. 독일생활 때 지도교수 연구실에서. 나의 그림 전시 때 오신 아동문학가 이원수 선생, 극작가 이반씨와 필자

위로부터 제8회(1970) 앙가쥬망同人展 오픈 때 좌부터 최관도 필주광 김정 오천령 이만익 김태 장욱진 김서봉 남경숙 임충섭 선생. 겨울스케치 전남 해남대흥사에서 이만익 박한진 최경한 장욱진 이순경 님과 김정. 아래사진: 왼쪽부터 오원배 김정 김종학 김태호 이용환 선생. 맨아래 : 왼쪽부터 장욱진 선생 김정 이계안 오수환 선생.

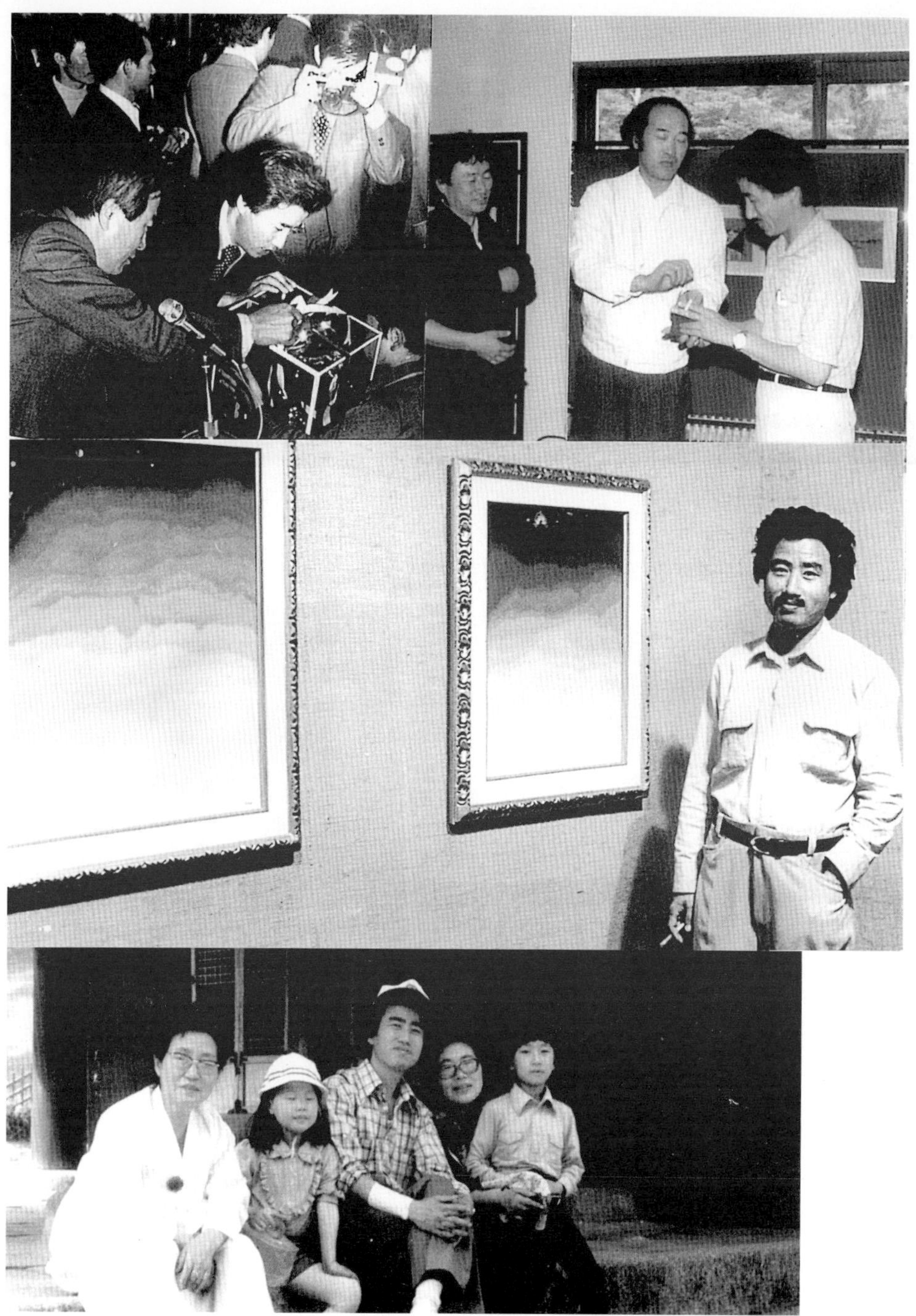

조선일보학생미술대회 시상식에서 유건호 전무와 필자. 서울 독일문화원 초대 김정독일소묘전(1982) 때 김한 김충선 선생 등이 내방했을 때. 김정 2회 개인전(1978) 때의 모습. 어머니를 모시고 한가족이 오랜만에 경기 광릉에 나들이를 했다.(1975)

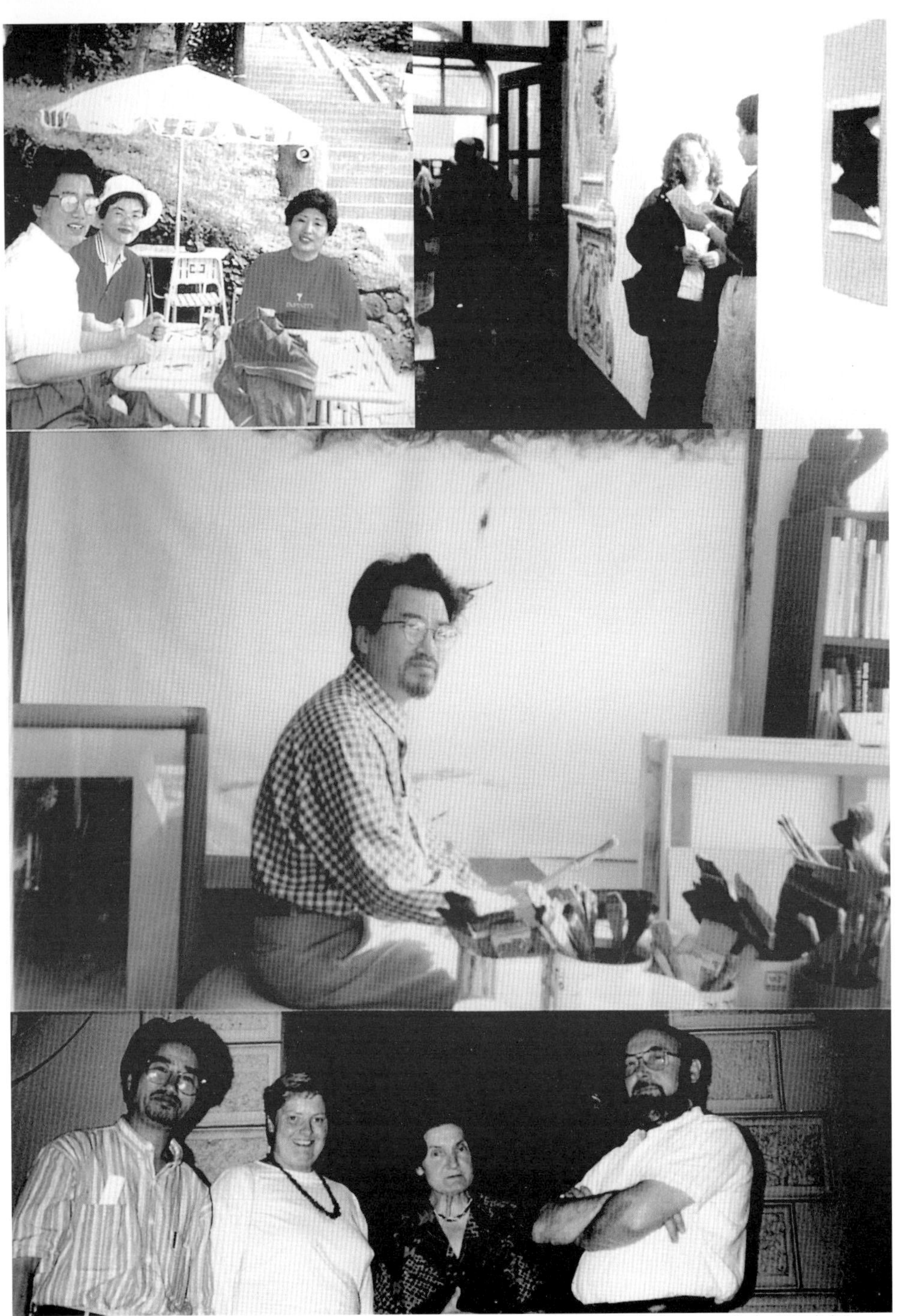

1990년 수학여행 때 성산일출봉 입구에서 안재신 박남숙 교수와 함께. 필자 서독전시 때(1987) 현지 신문 인터뷰. 1 990년 초 필자 작업실에서. 맨아래 개인전이 열렸던 민델하임시립미술관 자원봉사자. 좌부터 가비, 잔트너 관장, 트리 틀러 씨. (1996)

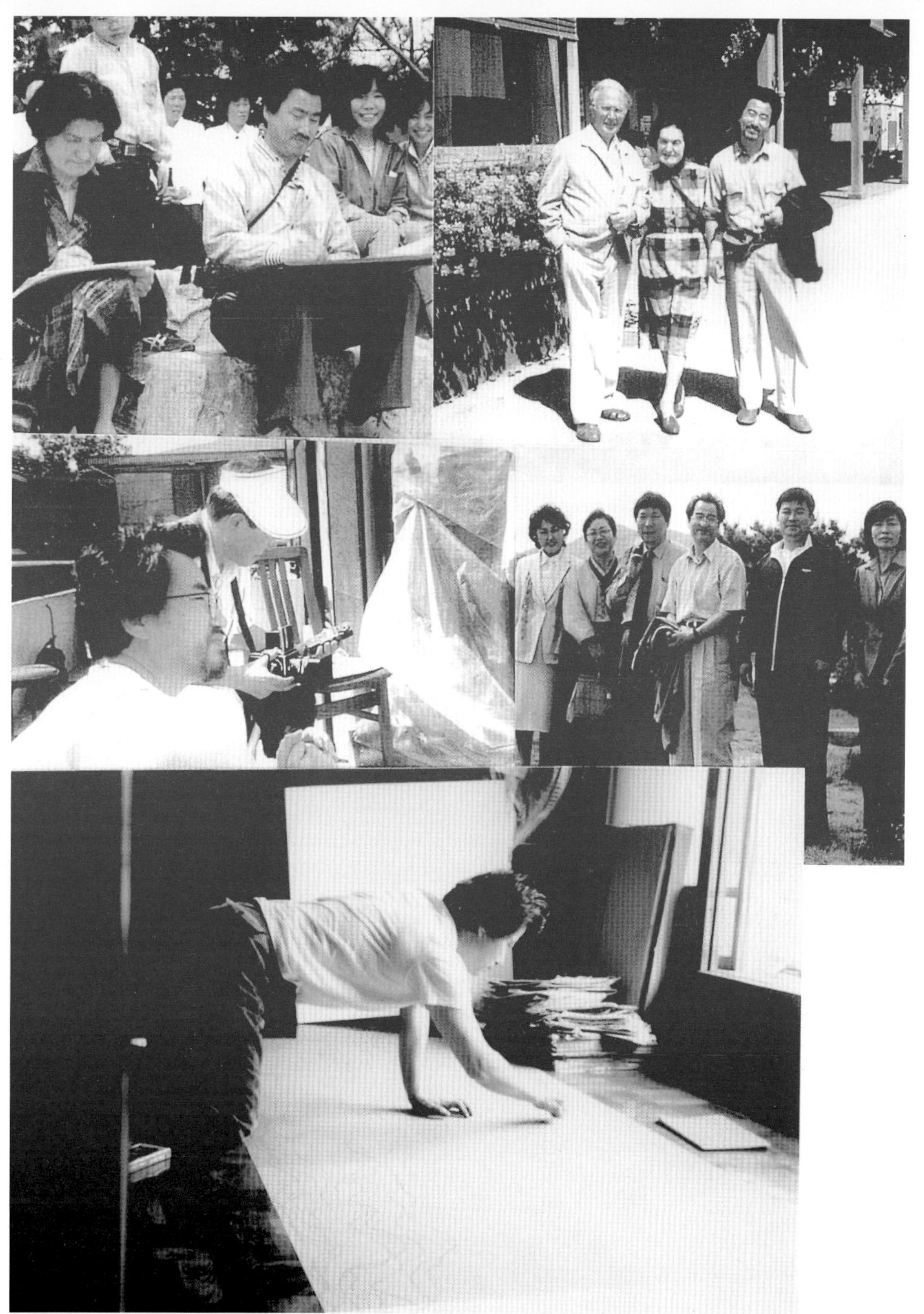

필자의 초청으로 학술발표 참석차 내한한 잔트너 교수와 민속촌에서. 1980년초 마이어 교수가 도착, 역전 마중 나갔던 때. 필자의 화실 옥상에서 박재호 교수가 작품 촬영을 도와주고 있다(1997). 김재홍 교수와 필자가 창원 유적지에서 만난 마산 시인들(2002). 필자가 55세 때 작업실에서 캔버스 마름질을 하고 있다.

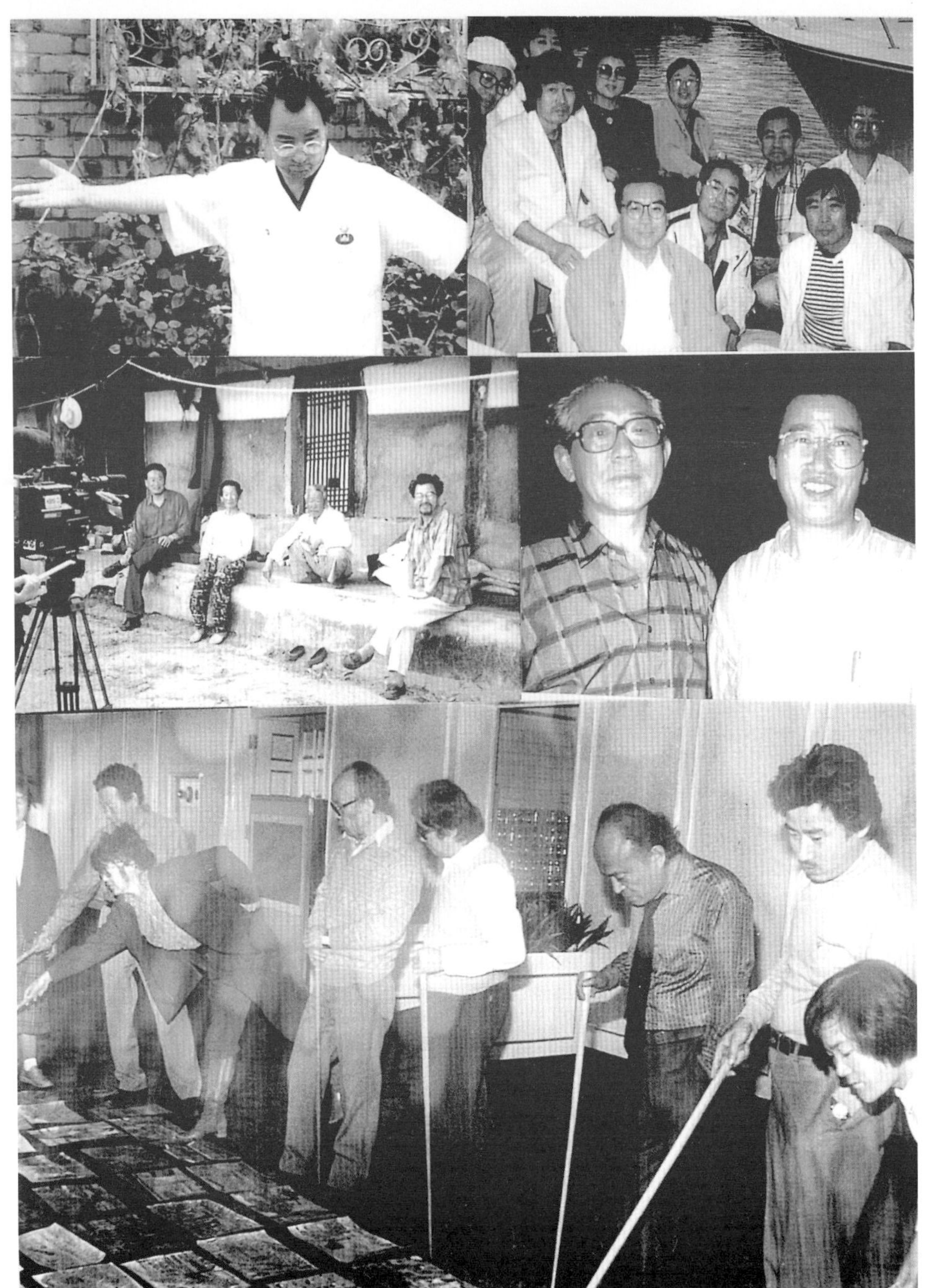

필자는 허리디스크 때문에 기체조를 한다. 서울·사뽀로의 일본작가들과(맨앞 오른쪽이 米谷雄平 교수임. 1991). 강원 정선 북평면의 한 村家에서. 눈수술 때문에 고생하시고 INSEA 뒷처리와 후계자 문제로 힘드실 때 최덕휴 교수님(1994). 맨 아래 : 1980년초 조선일보학생미술대회 심사모습. 左로부터 박고석 박근자 황염수 홍종명 전상수 선생과 김정(이 대회는 학생미술대회 사상 34년된 최장수였으나 1999년 폐지했음)

50대초반 화란의 고호미술관에서 많은 걸 느꼈다. 전남 진도의 남도石城에서 군청 직원과 함께(2000). 연극인 박정자 씨가 작업실을 방문했을 때(1993). 맨아래는 작업실 일부(1999).

80년대 역촌동 작업실. 나의 전시 때 온 홍민표 이태현 김용철 필자 그리고 박철 씨(1985). 화가 4인의 설악산 스냅인데 그야말로 우발적으로 여행을 갔다. 김경인 이봉열 박재호 교수와 김정(1992). 맨아래는 가끔 취미로 장난삼아 커본다.(1992)

1980년대 후반 숭의여대 교수연수회 때 잠깐 박은 것. 세월의 무상함이다. 전남 보길도 여행길에서 박학배 필자 최경한 이민희 김종학 이만익 선생, 뒷줄 최덕형 최관도 선생. 온양 마곡사에서 좌부터 오경환 필자 임영방 선생. 필자의 개인전 오픈 세러머니 때 축배를 치켜든 내빈들. 권상능 최경한 전상수 필자 최자영 김서봉 이만익 선생 등(1993).

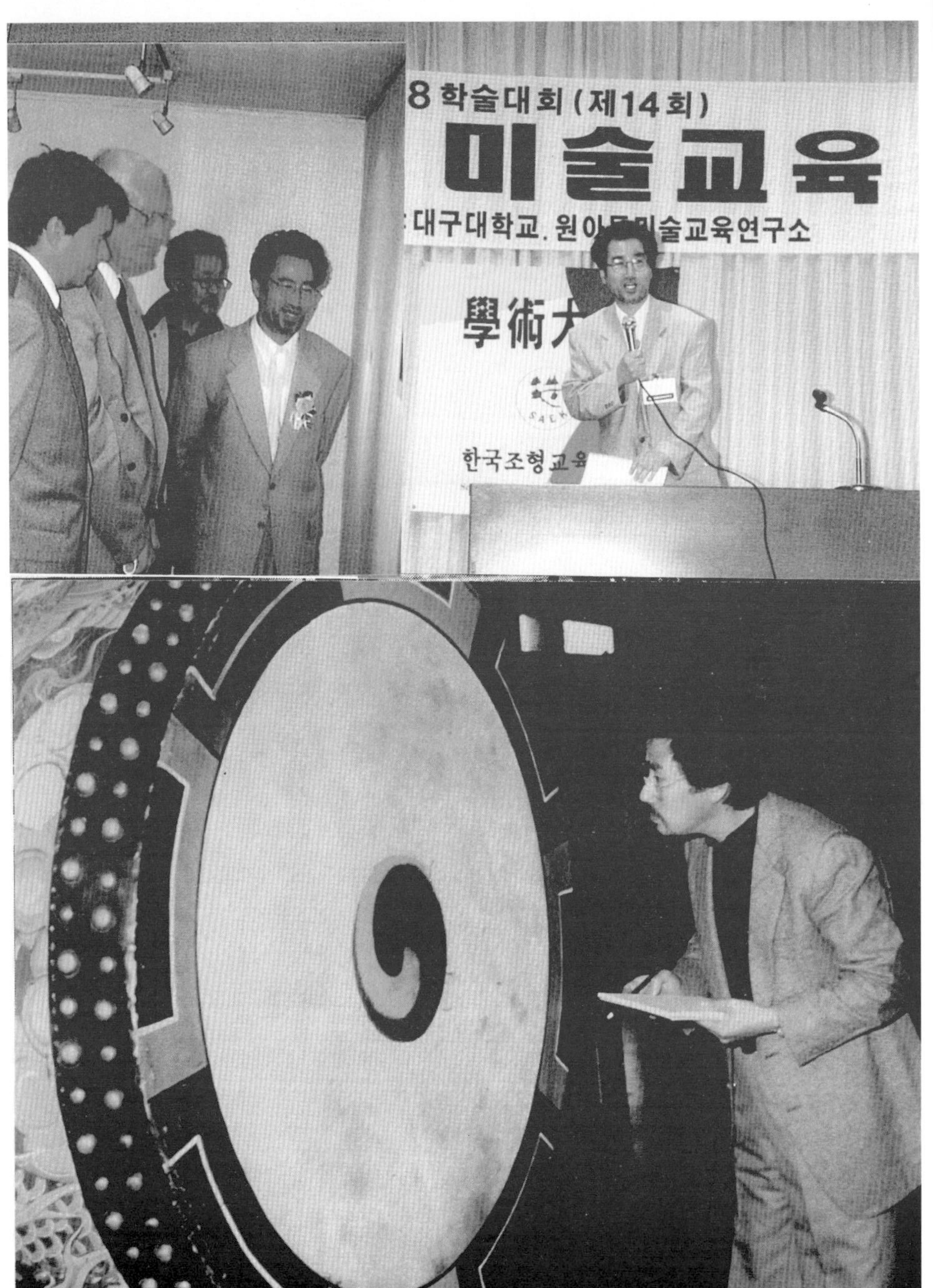

1999년 韓·獨작가전 때 크라우드 독일대사가 내방했다. 대구대학교에서의 한국조형교육학회 학술대회 발표 당시 모습(1998). 국립국악원의 악기를 감상하는 취미가 있다.

1991년 인사동 세르비아 찻집에서 이봉열 박한진 김정 하영식 오경환 조영동 이춘기 선생의 모습. 한국조형교육학회 제15차 편집회의(1998). 박한진 김정 이주연 김춘일 허계 이광미 선생. 조선일보 주최의 1995년도 전국학생미술대회 심사도중 휴식할 때의 모습. 오경환 김정 전상수 신수진 박근자 최경한 선생.

필자의 기념전시(예술의전당) 때 이승헌 세계평화재단 총재의 모습. 한독미술작가전(2001년 서울시립미술관) 때 독일 대사와 필자가 축사를 했고, 작가 Udo(가운데 머리 깎은 이)는 독일에서 현지로 왔다. 한독미술회 회원 일부가 한독협회 정기총회 겸 야유회에 초대되어 담소하고 있다. 유병영 강민 필자 김순협 도지호 교수 등(2001). 현대미술관과 독일문화원 공동주최의 세미나, 진행 사회에 박래경씨(왼쪽)였고 리벨트 김정 노부자 교수가 토론 참가했다(1992).

필자의 회갑기념전(2000 예술의전당)에 김서봉 전상수 두 분의 원로화가는 축사와 격려를 해주셨다. 독일 개인전 때 평론가인 홀즈바우어 교수(Pfof. Erwin Holzbauer)가 필자의 작품 내용 경향 등에 관해 내빈들에게 설명하고 있다. (1990)
1991. 3월 장욱진 선생 묘비제막식에 참석했던 이남규 김영덕 이만익 선생 그리고 필자(충북 현장)

2000년 뉴욕의 휘트니미술관 및 소호화랑가를 들러보고 나서. 아래 : 뉴욕 가기 전 LA 처남 최기영씨 집에 묵으면서 작업하던 모습.

2002년 충북 에밀레미술관을 들렀을 때. 기회 있을 땐 단전호흡을 한다. 손자 김현진군과의 한때. 손자녀석을 보면서
'이 할아버지는 이웃과 청소년을 위해 무엇을 어떻게 해야되는가'를 늘 생각하며 공부하게 된다.

나의 일상적 모습. 한국의 자연을 느끼고 보고 배우는 것은 평생해도 끝이 없다. 더 중요한 건 자연은 자연스레 보존되는 환경보호다. 요즘의 2001 - 2002년 필자의 모습과 생활이다.

20 문 20 답

이 내용은 지난 95 년 6 월 KBS-TV ' 내고향…' 프로의 정선에서 대담한 부분과 월간 〈소년〉 창간 35 주년, 43 주년 기념, 두 차례 김정 인터뷰에 관한 기사 및 2000 년 월간 〈에듀〉의 '중진 예술가를 찾아…' 대담 등을 발췌 종합한 것임.

1. 그림은 왜 그리는가

어렸을 때부터 그리는 걸 좋아했고, 요즘엔 생각하는 것을 또는 그리고 싶은 것을 의식적으로 그리죠. 저절로 그리고 싶어집니다.

2. 화가로서 아리랑을 유달리 사랑하는 이유가 있는가

한국인 심성의 뿌리는 어떤 것인가. 단군 역사부터 현대까지의 많은 한국인의 생활史라고나 할까요. 30-40년간 국내 스케치 여행을 다녀보는 동안, 우리나라의 땅, 산, 하늘, 나무, 바다, 절벽, 소나무가 그렇게 아름다울 수가 없어요. 여기에 잘 어울리는 노래가 아리랑이란 걸 느꼈습니다. 아리랑은 이 땅에서 저절로 나오는 자연발생적 흥이요, 사상이요, 삶이에요. 그런 것에 애정을 갖고 심취하게 됐어요. 즉 우리 삶의 모습을 그림으로 그리는 겁니다.

3. 좋아하는 색은 무슨 색인가

작품화면에 파란 색깔이 많이 나오는 건 나도 모릅니다. 좋아하니까요…. 나중에 전체를 보면 청색 계열이 많다는 걸 느껴요. 요즘 60대 넘어선 약간 줄어든 듯합니다.

4. 작품은 주로 언제 작업하는가

젊은 땐 낮밤 안가리고 하루종일 붙어 했는데, 60세 이후 근래에는 낮에만 하는
편입니다.

5. 작품을 어떻게 보관하는가

작가는 누구나 공간 때문에 신경씁니다. 나도 대략 5-6백점 제작해 왔고 일부는
애장가의 소장품으로 가있고, 일부는 작가가 보관하고 있으며 일부는 개인 박물관
에 소장되어 있습니다.

6. 술은 어느 정도 하는가

요즘 많이 먹지는 않으나 식사 때 반주 한두 잔은 좋아합니다. 여름에 맥주를 즐
겨 마시고 그 외엔 백세주, 산사춘, 백색 와인 등을 좋아합니다.

7. 음식은 어떤 것을 좋아하나

채식도 좋지만 생선도 좋아합니다. 생선 중엔 특히 대구 머리탕. 동태탕 등을 잘
먹습니다. 과일은 수박과 홍시를 좋아합니다.

8. 건강은 어떻게 유지하는가

나는 40대부터 치아 때문에 고생했고, 1990초부터 현재까지 허리디스크로 고통
받아 온지라 운동에 관심이 많아요. 실내체육실에서 수영도 해봤고 안마치료도 했
으나 무위로 끝났습니다. 요즘은 평소 새벽에 와공(누워하는 체조)으로 五器調和
신공과 氣운동인 道引체조를 합니다.

9. 스케치 크로키가 많은 걸로 아는데…

글쎄 나 자신은 잘 모르지만, 비교적 많은 양을 그려왔기 때문이 아닐까요. 늘 스
케치북을 들고 다니니까 아무 때나 시간나면 그려요. 젊을 때부터(박고석 이철이
선생의 지도) 습관이 돼서…. 작업양이 좀 많습니다. 크로키는 누드나 사물형태를
표현하는 데 좋은 기법입니다. 독일작가 폴 클레나 에곤 쉴레도 스케치가 많습니
다. 클레와 쉴레는 '존경하는 작가'입니다.

10. 명상은 어떻게 하나

가끔 눈을 감고 조용한 마음으로 나를 들여다봅니다. 그리고 내가 나를 냉정하게 비판하고 훈육합니다. 정신세계에서도 일상적 현실처럼 말하고 듣고 소리치고 행동하는 것이 가능합니다. 마치 영상스크린 같지요. 한참 명상에 잠겨 있는데, 전화가 걸려 오면 못 받으니까 산이나 작업실 독방에 앉아 합니다. 자주 하진 못하고 2, 3주일에 한번 정도 정신청소를 합니다.

11. TV는 자주 보는가

나는 라디오를 더 듣는 편입니다. 우리나라 TV는 뉴스를 제외하곤 맘에 안 들어요. 그래서 신문을 주로 봅니다. TV는 우리의 사회 문화 정치 경제에서 무엇이 국민에게 유익한가를 연구했으면 좋겠죠. 가요무대와 인간극장도 가끔 봅니다.

12. 아리랑 노래는 어느 정도 부르나

강원도 정선과 전남 진도를 발이 닳도록 다녀본 덕에 그저 풍월을 겨우 읊는 정도 수준입니다. 정선 · 진도의 두 아리랑은 묘하게 상통하는 맛이 있습니다.

13. 컴퓨터 실력은 어느 정도인가

나는 아직 컴맹 수준입니다. 겨우 인터넷 뉴스와 날씨, e-mail정도를 들여다봅니다. 더 이상 늘지도 않지만, 내 자신이 못합니다.

14. 김 교수의 그림은 소리맛이 난다는데…

아리랑 시리즈와 가야금 시조창, 농악 시리즈, 자연의 소리 등 한국의 음율이 담긴 작품이 주류를 이룹니다. 그래서인지 많은 이들이 내 그림을 보고 음율적 맛이 난다고 합니다. 아예 아리랑 화가라고도 하죠. 어떤 이는 농담으로 아리랑 '국민화가'라고 한답니다. 아직 자격이 없지요.

15. 세계 아리랑 연합회에 관련 있나? 무슨 일을 하는가

한국인 누구나 기쁠 때나 슬플 때나 아리랑을 흥얼거립니다. 나는 개인적으로도 큰 애정을 갖고 30여년 작품 테마로 작업해 온 입장입니다. 그런데 초중고 대학에

서 '아리랑'에 대한 교육은 없습니다. 누구나 배워야 할 아리랑이 잊혀지고 채보수
집 작업도 제대로 정리 안됐습니다. 그래서 아리랑을 학술과 예술적으로 발전시키
고자 뜻있는 분들이 연합회를 창립했죠. 우리 모습을 찾는 일이며 조국을 찾는 작
업이기도 한 것입니다.

16. 한국조형교육학회를 설립하게 된 이유는

이젠 전공 영역별로 심도 있게 연구하지 않으면 안 되는 시대가 왔습니다. 그 시
초가 바로 학회의 설립입니다. 1984년에 '지금부터라도 연구를 시작하자'는 심정
으로 출발했습니다. 초기엔 어려운 노력과 희생이 들어갔죠. 이젠 국제적 규모가
됐고 나는 실무에서 손뗐죠. 나는 외곽에서 도와줄 생각입니다.

17. 우리나라 미술 수준은 어느 정도인가

내 생각으로는 한국 미술은 예술성이 짙어 부분적으론 세계적 수준입니다. 문학
연극 음악 미술 영화 등 창조성이 높은 예술가가 많습니다. 그러나 정책적인 지원
시스템이 안돼 늘 그 타령입니다.

가장 큰 잘못은 정치수준이죠.(가령 문화부 장관직을 이어령씨를 제외하곤 4,50
년째 대통령 주변의 비서들이 돌아가며 독점해 왔습니다. 비서들은 대통령 눈치보
기만 치중할 뿐 멀리 내다보는 문화 안목이 부족했을 겁니다. 그러니까 결국 역대
대통령들이 문화비젼이 없는 인간들이었다는 결론입니다.) 예술가들에겐 정치가
큰 걸림돌이 될 수도 있을 겁니다.

18. 앞으로 어떤 표현작업을 생각하는가

나 자신도 어떤 그림을 그릴 것이라는 예측은 쉽지 않습니다. 마치 럭비공처럼
제한 없이 튈 가능성이 있습니다. 변화는 자연스런 것이며 그것은 생명이 살아 있
다는 증거가 아닌가요. 나는 한국인으로써 생각하고 느끼고 본 것을 조형적으로 연
구해 왔고 또 그렇게 계속할 것입니다.

19. 혈액형과 신체적 특징은

혈액형은 A형이고 키는 170㎝, 몸무게 65㎏입니다.

20. 존경하는 분이 누구인가

나에게 정신적 영향을 준 분들은 이루 헤아릴 수 없이 많으나 딱 잘라 몇 분만 들라면 삼국유사 쓴 일연, 다산 정약용, 퇴계, 충무공, 고산 김정호, 함석헌 선생을 떠올립니다.

김 정(金正 · KIM JUNG)

金海金氏 三賢派

1940 父 金炳駿, 母 元喜禮의 8 남매중 2 남.
서울 동숭동 46 번지에서 1.24 출생.
호적명 金清正으로 41.1.24 생으로 등재됨.

1950 서울 성북초등학교 3 학년 때 한국전쟁 만남

1967 성균관대학교 영문학과 졸 / 재학시 박고석 ·
김기방 화실 6 년 개인수업 / 육군 3 년 만기제대

1968-1978 조선일보 미술기자(출판국)

1970 연세대학교 대학원 미술사학전공수학

1977 경희대학교 미술과 및 동대학원 서양화전공 졸

1979 독일 아우그스부르그 대학교 수학(지도교수 H.
Sandtner)

1980-1982 작업 및 숙소 Augsburg Schill str 에서 연구①
독일 작업실 Stadtbergen Haydn Str 에서 연구②

1981 작업실 Mindelheim Hermele Str 에서 연구③

1968 현역작가 초대전 12.12 경복궁미술관(문공부주최)

1969 제 7 회 앙가쥬망동인전 참여출품 11.3 신세계화랑
제 6 회 한국미술협회전 8.1 국립공보관

1970 제 7 회 한국미협전 8.25 국립공보관
제 8 회 앙가쥬망전 출품동인 9.24 신문회관
박봉우 · 김정 시화합동전 6.11 예총화랑

1971 제 8 회 한국미협 창립 10 주년 기념전 7.31
국립현대 미술관
제 9 회 앙가쥬망전 9.30 신문회관
윤석중 새싹회 기금 시화전 11.8 국립공보관

1972 제 9 회 한국미협전 10.25 덕수궁 미술관

제 10 회 앙가쥬망전 11.9 신세계화랑
월간 兒童文學 창간 표지

1973 제 11 회 앙가쥬망전 9.30 신세계화랑

1974 문예진흥원 개관기념 초대전 3.22 미술회관
한국미협 기념전 3.24 미술회관
제 12 회 앙가쥬망전 10.6 미술회관
조선일보 피카소특별전 컬럼기고 7.11

1975 제 13 회 앙가쥬망전 10.4 미술회관
소년조선일보 연재소설 그림 2.28

1976 김정 유화전 5.5 미도파화랑
제 14 회 앙가쥬망전 6.8 그로리치화랑
제 11 회 한국미협전 7.21 국립현대미술관
경희대학교대학원 졸업전 10.7 경희대미술관

1977 제 15,16 회 앙가쥬망전 9.28 미술회관
제 12 회 기독교미술인전 11.23 미도파화랑
제 12 회 한국미협전 12.1 국립현대미술관
조선일보 신년그림 1.1
조선일보 학생미술대회 심사 11.21

1978 제 17 회 앙가쥬망전 5.25 미술회관
김정 작품전 6.15 미도파화랑
제 13 회 한국미협전 12.11 덕수궁현대미술관
제 13 회 한국기독교미술전 12.15 선화랑

1979 사단법인 한국뇌성마비복지회 이사선임
9.1 독일에 감

학교 Augsburg univ. Bei prof H.Sandtner
Schill Str.100/8900 Augsburg W-Germany
숙소 Bei prof H.Sandtner/Herr Kim Jung
Haydn Str.1/8901 Stadtbergen W-Germany

1981 매년 귀국하고 다시 감
제17회 아시아현대미술제 6.21 도쿄미술관
제18,19,20,22회 앙가쥬망전 10.18 미술회관
목련화랑 3주년기념 7인전 5.20 목련화랑
동아일보제1회 전국청소년우표그림선발심사 4.20
크리스챤 신문 청소년미술대상심사 5.2

1982 독일 남부 민델하임시 연구작업실
Herr Kim Jung
Textil museum 2F
Hermele Str.4/87719 mindelheim W-Germany
제23회 앙가쥬망전 6.7 동산방화랑
독일스케치 소묘전 6.1 주한독일문화원
앵콜 김정 독일소묘전 9.28 석화랑
제24회 앙가쥬망전 10.7 미술회관
교육부 미술교육과정 심의위원 위촉 11.9 교육부
詩 '새벽닭' 지음

1983 제25회 앙가쥬망전 10.6 백상기념관
조선일보 학생미술대회 심사위원위촉 11.16
이화여대 교육대학원논문지도 교수 8.20
한국조형교육학회 설립준비 모임 10.5
한국기독교 백년기념 전국청소년 미술대전심사
12.21

1984 제26회 앙가쥬망전 9.27 미술회관
논문 루벤즈의 한국인상소묘연구외 1편발표11.1
한국조형교육학회 창립 초대회장에 선임 3.1

1985 제27회 앙가쥬망전 3.28 미술회관
김정 회화전 5.2 동방프라자 미술관
서울·아시아 기독교 미술전 6.26
장신대 특설미술 전시장
제19회 한국미협전 7.16 국립현대미술관
한국조형교육 학회지 제1호 간행 5.1

교육부 1종 미술도서 편찬심의위원 3.1 교육부

1986 제28회 앙가쥬망전 5.9 미술회관
제20회 한국미협전 7.10 국립현대미술관
논문 시각기능과 회화표현의 상관적 역할에 관
한연구 발표 10.1
이화여대 대학원 경희대학교 교육대학원 출강
및 논문지도교수위촉 2.1
한국예총 문협, 시서화전 9.10 예총회관

1987 김정 작품전 8.3 서독 민델하임시립미술관
제29회 앙가쥬망전 8.25 서울 갤러리
강원 정선 스케치 여행 2.27
문교부 교육과정 미술과 심의위원 위촉 1.24
성균관대 홍익대, 이대교육대학원 석사
종합시험 위원 위촉 5.18
과천 현대미술관 토요미술강좌 특강 5.9
제3회 눈솔賞 본상수상 9.16(상금은 정선
아라리발전기금 전달)

1988 제22회 한국미협전 3.4 국립현대미술관
제3회 아시아국제 미술전 7.5 일본후꾸오카미
술관
제30회 앙가쥬망전 11.4 미술회관
동심문화연구소 5.27 토탈미술관
논문 2편발표, 한국미술사교육연구회·한국조
형교육학회 각 1편
숙명여대·이화여대 논문지도교수 위촉 3.1
한국일보사·조선일보사 학생미술대회 본심위원
부산 스케치여행, 대구 스케치여행, 마곡사여행

1989 '山의 美' 11인 기획초대전 3.3 토탈미술관
제1회 좋은그림전 5.6 한국일보주최 백상기념관
제2회 아리랑회화제 6.8 출판문화회관 화랑
제4회 아시아 국제미술전 7.18 서울시립미술관
제31회 앙가쥬망전 11.3 미술회관
4월 혁명30주년 기념전 11.15 고궁미술관
논문 1편 발표, 번역서 1책 간행, 교육과학사
강원 스케치여행, 제주 스케치여행, 전북 스케
치여행

1990 회화 9인 초대전 2.28 윤갤러리
      김정 개인전 7.11 현대미술관
      김정 독일전 8.3 민델하임 시립미술관
      제32회 앙가쥬망전 8.14 서울시립미술관
      겸뒤전(한독미술회)창립전 10.22 효천화랑
      제5회 아시아국제미전 12.15 말레지아 국립미
      술관
      논문 1편 발표, 한국미술사연구회 토론자참석
       6.16
      한국학술진흥원 공모과제 논문심사위원 선임
      중학교 2종 미술교과서 평가 및 심의위원 위촉
      12.17
      속리산 여행, 독일 여행

1991 비무장 지대 미술대전 6.19 예술의 전당 미술관
      후인 갤러리 개관기념 초대전 7.10 후인갤러리
      Sapporo-Seoul 1991 展 8.12 日삿뽀로 大同갤러리
      Seoul-Berlin 1991 展 9.18 조선일보 미술관
      제33회 앙가쥬망전 10.18 미술회관
      한국성 감성의 모색전 11.6 후인갤러리 전주
      온다라미술관, 광주 궁동미술관, 부산 정원화랑
      장욱진 화백 1주기 추모전 12.10 국제화랑
      INSEA 韓國委, 이사장으로 선임됨. 2.5
      논문 1편 발표, 한국조형교육학회
      중앙일보 학생중앙 · 조선일보 미술대회 심사
      남한산성 스케치여행 강원 평창, 영월스케치여행
      미국 미술관 탐방여행 12.20

1992 메일아트 92展 2.19 제3갤러리
      제6회 아시아국제미전 2.18 일본 田川시립미
      술관
      서울-삿뽀로전 8.13 서울 시립미술관
      김정 초대전 10.23 효천화랑
      한·독 미술교육비교연구 세미나 주제발표 4.27
      과천국립현대미술관
      충남 스케치여행, 강원(정선,평창), 경북 상주여행
      빙그레 미술대회 · 크라운베이커리 미술대회 심사

1993 김정 개인전 8.31 예술의 전당

      93 정선아라리 회화제 10.6 백상갤러리
      논문 1편 발표, 강원 정선 거주 7.21
      삼성생명 학생미술대회 심사위원위촉
1994 예술의 전당 개관 1주년 기념전 2.16 예술의전당
      설악자연 미술제 초대전 7.23 설악 패밀리타운
      전시실
      94 정선아라리 회화제 10.12 갤러리 도올
      서울 국제 현대미술제 12.16 과천 현대미술관
      4월혁명 35주년 기념전, 4.19세대 작가전 12.19
      출협문화회관 화랑
      논문 1편 발표, 저서 세계의 미술교육, 예경 8.30
      서울정도6백년기념 서울현대미술제 12.16 과
      천 현대미술관
      바우하우스 뎃사우, 라이프치히, 바이마르 등
      자료 조사차 옛 동독 방문 여행 7.25

1995 의식의 확산전 4.10 동아 일민미술관
      한집 한그림 걸기展 초대 5.2 조선화랑
      제3회 정선아라리회화제 9.28 정선예술문화회관
      형상의 파상전 초대전 12.1 문화일보화랑
      논문 1편 발표. 조형교육 제11집
      교육부 미술교과서 1차2차 심의 3.20
      동국대 교육대학원, 경희대학원, 홍익대, 국립
      현대미술관 출강
      한독 협회 이사선임 및 이사회 참여
      강원도 평창 영월 정선 스케치여행, 일본 동경예
      술취재 여행 12.26

1996 김정 독일전 7.25 민델하임시립미술관
      덴마크 4인전 8.2 코펜하겐 유니뱅크
      제4회 정선아라리 회화제 9.18 한솔갤러리
      문학의해 기념 문인초상화전 10.1 국립현대미
      술관 · 문학사상 공동
      사랑나누기 작품전 11.25 대구 동아전시장,
      대구 생명의 전화 주최
      한국인 표현행위 기질과 예술적 心性에 관한
      연구〈Ⅲ〉외 논문 3편 발표(공동연구포함)
      한국색채연구소 공동연구팀장선임 1.5 통상산
      업부
      H.마이어교수 저서 'Die welt der kindlichen

Bilderei'
저자와 한국어번역협의 및 합의
덴마크 여행, 전라남도 여행

1997 1호 오백인전 초대 4.15 선화랑
한경직 기념관 모금전 6.5 조선일보미술관
97서양화 100인전 9.2 서울신문주최
97현대미술12인 초대전 10.1 예일화랑
동방문화대학원 대학발전기금 초대전 10.15
공평 아트센터
사랑나눔 100인 미술전 12.2 백상기념관
97-98송구영신 24인 초대전 12.20 예일화랑
논문 1편 발표 한국조형교육학회 제13집
숭의여자대학 교수협의회 회장 선임 3.26
詩 '목멱산 I' 지음
강원 정선 향토청소년문화학교 자원봉사 특강
8.7

1998 아름다운 손짓전 9.27 세종문화회관 전시장
한국정신을 탐구하는 「한구회」 창립 전 10.27
예일화랑
숭의여대교수작품전 10.28 이브화랑
98현대미술 중진작가 11인 초대전 11.10 예일
화랑
98-99송구영신 24인전 12.15 예일화랑
논문 1편, 공동연구 2편, 공동11인 저서 간행,
예경 2.24
노사모(노래를 사랑하는 모임) 회의 사업논의
7.15
사단법인아리랑보존 연합회 부이사장 선임 10.29
충북영동여행, 대구팔공산 동화사 여행, 경주
남산 탐사 및 삼능감상, 문화 엑스포 여행 11.5

1999 김정 그림초대전 3.6 예띠의 집
99봄의 소리 200인작가 그림전 3.23 선화랑
한 · 독 작가 드로잉전 6.30 예일화랑
詩 '붓꽃', '나팔꽃' 지음
예일화랑 10주년 미술축제 9.1 예일화랑
강원 동강댐 반대 현지참여 1박2일 4.3
한국조형교육학회 창립 15주년기념 특별공로상

받다 2.25
논문 1편 발표 조형교육 제15집
이화여대 교육대학원, 세종대 교육대학원출강
3.1
이화여대 대학원 논문지도교수 위촉 9.1
월간미술 '김정 컬럼' 2년 연재 끝내다 12.1

2000 새천년 200인전 5.24 선화랑
아트빌 개국기념전 3.8 갤러리KH
김정 회갑기념전 11.27 예술의 전당
송구영신 24인 초대전 12.22 예일화랑
회갑기념논문집(1)(2) 간행
詩畵集 '정선아리랑' 출간, 자유문학사
진도 답사여행
번역서 독일의 미술교육 1권 완료간행 6. 1
(사)어린이문화진흥회10주년기념 표창상패 받다
국립중앙도서관 독서문화학교 특강
한국학술진흥재단 공모논문 심사 3건 완료
서울시청 국제협력과 재외국 아동미술 심사
동아일보 동아닷컴 미술대회 심사 12.5
국립국악원 감사패 받다 12.30

2001 제4회 한독조형전 2.7 서울시립미술관
선화랑개관 24주 기념 200인전 선화랑
성탄기념전 12.18 고도갤러리
논문 1편 발표 조형교육 18집, 저서 1종 간행
故장욱진 10주기 기념 미술심사 현대미술관
강원 영월책박물관에 도서 및 작품일부 기증
숭의여자대학 작품2점 음악당에 기증. 감사패
받다 3.5
현대백화점 미술심사위원장 4.23
과천 현대미술관 청소년 미술심사
삼성생명 미술본심 5.17
매일경제 그림대회 본심위원장 5. 23
빙그레 미술대회 심사위원장 5.30
미국 뉴욕 등 스케치여행 7.15
한국조형교육학회 학술대회 기조발표. 성신여대
月荷문화재단 감사패 받다 12.15

2002 한국현대미술 독일전 2.21 뒤셀돌프
    제 5 회 한독조형작가전 고도화랑
    사랑의 작품전 5.23 대구시민회관
    부산 국제환경예술제 8.17 민주공원화랑
    송구영신 24 인 초대전 예일화랑
    논문 1 편 발표 및 공동연구 1 편 조형교육 20 집
    조선일보 감사패 받다 1.7
    국립중앙도서관 감사패 받다 3.13
    경기도립박물관 미술심사위원장
    한 · 독협회로부터 감사패 받다. 5.12
    월드컵조직위 그림대회 심사위원장 5.17
    아시아복지재단 감사패 받다 6.3
    현대자동차 환경미술대회 심사위원장 6.11
    경기포천군 미술교사회 초청특강 7.13
    충북 제천 능강 2 박 3 일 여행 8.13
    번역서 1 종 '그림책 쓰는 법' 간행
    원저 로버츠 엘런. 문학동네 8.28
    숭의 유아미술작품공모 본심위원장 9.11
    강원도지사 감사패 받다 10.28
    (사)밝은청소년 지원센터 기부금으로
    백만원(2 호작품) 기증함 11.11

2003 세계아리랑연합회 창립. 공동대표 선임 1.2
    창립기념학술대회 논문 발표 1.22 세종문화회관
    강원 동계올림픽 평창기념미술 본심위원장
    성곡미술관 뮤지엄교육연구소 특강 2.17
    손자 김현진 서울 방문 후 시카고로 귀가 1.18
    영월아리랑 - 김정자서전 / '꼴깔소리와 김정展'
    영월책 박물관 5.3 10.31
    뉴욕치과. 아래 임플란트 7 개 박는 수술 1 차
    시작. 6 개월간 치료 4.1
    강원평창 영월 여행 5. 3
    서울시 국제 외국인 미술대회 심사위원장 5.13
    경기도 도립박물관 미술심사위원장 5.17
    삼성생명 미술대회 심사 5.19
    계간 詩와詩學 50 호 간행특집 ' 이렇게 생각한다 '
    여름호 게재 5.20
    숭의직원노조파업 16 일. 작은음악회 찬조출연.
    양측의 경색을 풀고 타결을 바라며 민요 등 흘
    러간 노래 포함 9 곡 기타 연주함. 앵콜로 총 14

곡 연주함. 5.28. 17:00 소운동장.
공동저서 1 권 간행 미술교육프로그램 / 한국학술
진흥재단 연구비로 수행된 것임. 양서원 5.30
숭의교수협 · 비상대책위 연속 마라톤회의강행 6.2
숭의교수협회장 선임. 6.30

〈연구비지원 공동연구논문 발표〉

1995 미술평가의 새로운 프로그램개발을 위한 기초
    연구 - 유 · 초 · 중생의 연계를 중심으로 - 청삼
    문화재단, 연구 논문시리즈, 김정(팀장) 이수
    경, 이주연 교수등 3 인
1996 한국의 전통색 문양 응용프로그램 개발에 관한
    연구, 통상산업부 색채연구소, 김정(팀장), 김
    정신(단대), 김영숙(충북대), 박연선(홍대)교수
    등 4 인
1997 문화이해력 강화를 위한 미술교육 기초연구,
    대교문화재단, 김정(팀장), 이수경, 이주연 교
    수 등 3 인
1998 미술감상교육의 연계성에서 효과의 극대화를
    위한 새 방안연구, 한국학술진흥재단, 김정(팀
    장), 김혜숙, 김용권 교수 등 3 인
2002 21 세기 문화이해력을 위한 미술교육프로그램
    개발연구. 한국학술진흥재단지원, 김정, 이수
    경(팀장), 이주연 교수 등 3 인

〈표지그림〉 1975-2003

(정기간행물)문학사상 / 新東亞 / 여성동아 / 새벗 / 학원
/ 韓國文學 / 월간아동문학 / 카토릭 소년 / 기독교사상
/ 독서신문 303 호 / 월간 샘터 / 週刊朝鮮 / 주간 중앙 /
엄마랑 아가랑 / 목멱 / 월간 東西文學 / 詩와 詩學 / 月
刊 춤 / 敎育資料 / 강남文學 / 全北文學 / 韓 · 獨 계간
지 Prima. / 새생명(출판), 시집 및 소설 표지 등 출판물
100 종 됨

〈연극포스터〉 1970-1992

피터팬.현대극장 / 탱자꽃.극단 제작극회 / 햄릿.극단자
유 / 황무지.現代劇場 / 국악 칸타타.국악선교회

〈저서〉
· 미술교육총론, 학연사. 1986
· 아동과 미술교육, 배영교육문고, 배영사. 1983
· 아동의 미술교육연구, 창지사. 1989
· 세계의 아동화전집, 금성출판사. 1978
· 유아미술교육, 한국방송통신대학. 1984
· 세계의 미술교육, 도서출판 예경. 1994
· 미술교육(공저) 한국방송통신대학 1995.
· 미술교육의 모든 것, 도서출판 예경. 1998
· (번역)아동의 미술세계, M.Lindstrom, 열화당. 1980
· (번역)아동화연구, J.Goodnow, 교육과학사. 1990
· (번역)독일의 미술교육, H.Meyers, 교육과학사. 2000
· 한국미술교육 정립의 위한 기초적 연구, 회갑기념
  논문집(I), 교육과학사. 2000
· 詩畵集 정선아리랑, 자유문학사. 2000
· 한국의 미술교육과제와 조형예술학적 접근(공동집
  필), 회갑기념논문집(II), 예경. 2000
· (번역)그림책 쓰는 법, Ellen.E.M 로버츠, 문학동네.
  2002
· 다문화를 위한 미술교육프로그램연구. 양서원(공
  동집필)

〈학부출강. 대학원 석·박사논문지도〉1982-2000
· 경희대학교 / 성균관대학교 / 성신여자대학교 /
· 중앙대학교 / 홍익대학교
· 국립현대미술관 아카데미
· 건국대학교 교육대학원
· 경기대학교 대학원 / 同교육대학원
· 경희대학교 대학원 / 同교육대학원
· 동국대학교 대학원 / 同교육대학원
· 세종대학교 교육대학원
· 숙명여자대학교 대학원 / 同교육대학원
· 이화여자대학교 대학원 / 同교육대학원

〈사회 봉사참여〉1975-2003
· 한국뇌성마비 복지회 이사역임
· 삼육재활원 미술교실 자문교수역임
· 해직교사 서울 후원회 회원 역임

· 노인복지 '평화의 집' 후원회원 역임
· 서울시립정박자복지관 미술 자문교수 및 후원회원
· 노래를 사랑하는 모임(노사모) 후원회원
· 가수 유익종 후원회장 역임
· 韓究會(한국정신을 탐구하는 작가회) 후원회원
· 韓自會(한국의 자연을 사랑하는 작가회) 후원회원
· 대구생명의 전화 등 8개복지법인 후원회원 역임
· 정신대 할머니 '나눔의 집' 후원회원 역임
· 한국미술협회 자문위원 역임
· 학회지 '造形敎育' 편집위원 역임
· 한국조형교육학회 회장 역임
· (사)한민족아리랑연합회 부이사장 역임
· 영월 책박물관 후원회원 및 후원회장 역임

〈작품 소장〉
· 국립국악원 / 국립중앙도서관 / 성균관대학교
· 숭의여자대학 / 국제평화대학원 대학교 / 종이박
  물관
· 이영미술관 / 영월책박물관 / 어린이회관
· 강원도 도청 / 경주현대호텔 / 한국투자신탁
· 제일은행 광화문지점 / (주)옥산산업개발
· 예경 / 자유문학사 / 시와시학사 / 교육과학사
· 대교 / 가정경영硏 / 일지사 / 독일 스위스 미국外

〈현재〉
· 한독미술造形작가회 고문
· 아리랑회화제 운영위원장
· 세계아리랑 연합회 공동대표
· 숭의여자대학 교수 / 서양화·미술교육

(우 135-915) 서울 강남구 역삼동 672-3.
        아리랑하우스 401호
        집 : Tel (02) 556-4135, 556-6164
        fax : (02) 557-5452
대학연구실 : (02) 3708-9205
E-mail :(학교) jkim@sewc.ac.kr
        (집) jkim0124@yahoo.co.kr

맨위 대입시생 시절부터(1959) 청년작가를 거쳐 중견을 지나 노년으로 가는 낙서그림 모음.

첫 번째 김정 교수의 자전적에세이
김정 아리랑

발행 : 2010년 7월 20일
지은이 : 김　정
펴낸이 : 권호순
펴낸곳 : 시간의물레

등록 : 제1-3148호
주소 : 서울시 마포구 마포동 332번지 1층
전화 : 02-3273-3867 / 070-8808-3867
팩스 : 02-3273-3868
전자우편 : mulrebook@empal.com

ISBN : 978-89-6511-002-6 (03800)
가격 : 12,000원
ⓒ김정 2010